Willi Schmid

Das Tanklöschfeuerzeug

Willi Schmid

Das Tanklöschfeuerzeug

Geschichten aus Illertissen

Anton H. Konrad Verlag

Umschlag: Tanklöschfahrzeug Magirus-Deutz TLF 16/24, Baujahr 1957, bis 2001 bei der Freiwilligen Feuerwehr Illertissen im Einsatz

Frontispiz: Blick über den Wetterhahn der Illertisser Stadtpfarrkirche St. Martin zum Vöhlinschloss

Meinen Enkelkindern

Inhalt

Zeitungsgeschichten

Fotografengeschichten

Fußballgeschichten

Vorwort

Mit Spitznamen ist das manchmal so eine Sache. Die kann man sich nicht aussuchen, die werden einem verpasst. In der Regel spießen sie eine bestimmte Eigenschaft eines Menschen auf, mal spöttisch, mal bewundernd. Wilhelm Schmid, dessen Buch Sie gerade in Händen halten, hat sich im Laufe der Jahrzehnte ebenfalls einen solchen Spitznamen erworben, der vor allem in Medienkreisen kursiert: »Blaulicht-Willi«.
Ist das spöttisch gemeint? Auf keinen Fall. Es schwingt in großem Maße Bewunderung mit, denn Wilhelm Schmid ist nicht nur leidenschaftlicher Feuerwehrmann, sondern auch ein ausgesprochen gründlicher, sachlicher und schneller Berichterstatter über Brände, Unfälle und sonstige Ereignisse, bei denen der Einsatzort eben von vielen Blaulichtern illuminiert wird. Für die Illertisser und die Neu-Ulmer Zeitung ist er unverzichtbar, denn im Ernstfall lässt er alles stehen und liegen. Wilhelm Schmid ist nicht einfach nur Reporter aus Leidenschaft, er ist eine Institution. Wobei es natürlich ungerecht wäre, ihn lediglich als rasenden Blaulicht-Mann zu sehen. Wilhelm Schmid hat sich auch einen exzellenten Ruf als höchst kompetenter Musik-Berichterstatter erworben. Damit hatte er bei der Illertisser Zeitung einst seine journalistische Tätigkeit begonnen, aber er ist so ziemlich in jedem Genre sattelfest.

In seinem Erinnerungsband »Das Tanklöschfeuerzeug« hat er viele Anekdoten aus seinem Leben versammelt, die sich zu einem guten Teil eben um Feuerwehr und Zeitung drehen. Mit leichter Feder erzählt Wilhelm Schmid launige Geschichten, deren Lektüre einfach Spaß macht. Als er mich fragte, ob ich das Vorwort für dieses Buch schreiben würde, war ich mir zunächst nicht sicher, denn ich hatte bisher noch nicht das Vergnügen, so etwas zu tun. Nachdem ich die Geschichten gelesen hatte, fiel es mir wirklich leicht, diese Zeilen zu Papier zu bringen.

Ich habe es gerne getan, Ihnen, liebe Leserin, lieber Leser, »Das Tanklöschfeuerzeug« ans Herz zu legen. Es ist ein liebevolles, augenzwinkerndes Heimatbuch im besten Sinne geworden.

Viel Vergnügen bei der Lektüre wünscht Ihnen

Ronald Hinzpeter

Redaktionsleiter
Illertisser und Neu-Ulmer Zeitung

Zum Geleit

»Schreib's auf!« Diese Aufforderung bekam ich sowohl von meiner Frau als auch von manchen Feuerwehrkameraden immer wieder zu hören, wenn im Laufe von mehr als fünfzig Jahren Feuerwehrdienst oder mehr als vierzig Jahren Tätigkeit als freier Mitarbeiter der »Illertisser Zeitung« etwas Originelles geschehen war. Als ich vor einigen Monaten das erste Mal zu hören bekam: »Schreib's auf, so lang Du noch kannst!« und dazu noch: »Da könntest Du ein Buch schreiben«, unterhielt ich mich mit Herrn Dr. Christoph Konrad, dem Inhaber des nach seinem Vater, dem verdienten Heimatpfleger und gebürtigen Illertisser Anton Konrad, benannten Anton H. Konrad Verlages in Weißenhorn. Der Verleger ließ sich von meinen Geschichten gleich begeistern und so haben wir mit Freude und Eifer gemeinsam das nun in Ihren Händen liegende Büchlein gestaltet.

Doch wie findet man einen Titel für solch eine Sammlung von Geschichten aus verschiedensten Bereichen? Ein Stichwort ließ mich nicht mehr los, das immer wieder in den Erzählungen meiner »Alten Kameraden« vom Seniorenstammtisch der Freiwilligen Feuerwehr Illertissen auftauchte. Sie berichteten von der »In-Dienst-Stellung« des ersten Tanklöschfahrzeuges unserer Feuerwehr im Jahre 1957. Siegfried Ott, der damalige Erste Bürgermeister von Illertissen, hatte nach der Segnung des Fahrzeuges durch Stadtpfarrer Josef Strobl die denkwürdigen Worte gesprochen: »Und hiermit übergebe ich der Feuerwehr Illertissen das neue Tanklöschfeuerzeug!« Der Begriff »Tanklöschfahrzeug« war noch etwas völlig Neues, und nachdem das Stadtoberhaupt wie viele Männer der damaligen Zeit ein starker Raucher war, lag ihm wohl das »Feuerzeug« näher als das »Fahrzeug«. 44 Jahre lang stand das »TLF 16/24«, also das »Tanklöschfeuerzeug«, im Dienst unserer Feuerwehr, »erlebte« alles mit, was in dieser Zeit in Illertissen und Umgebung passierte und so lag es nahe, diesen kleinen Versprecher des Bürgermeisters zum Titel für dieses Büchlein zu wählen.

Ich habe es in sechs Kapitel eingeteilt, in denen ich nicht nur von Erlebnissen im Zusammenhang mit Feuerwehr und Zeitung erzähle, sondern auch aus meiner Schulzeit und aus den Jahren des Wiederaufbaus unserer Heimat nach dem Zweiten Weltkrieg, die als Zeit des »Wirtschaftswunders« bekannt wurde. Aus der Tätigkeit als Fotograf sind mir drei Erlebnisse in besonderer Erinnerung geblieben. Dazu kommen einige Glossen, die ich am Rande diverser Ereignisse beim Fußballverein Illertissen in unserer heimatlichen Mundart für die Illertisser Zeitung verfasst habe.

Zum Zustandekommen des Buches haben viele beigetragen, die ich hier mit herzlichem Dank erwähnen möchte:

Meine liebe Frau Rita hat mir seit nunmehr vierzig Jahren »den Rücken freigehalten« und auf viele gemeinsame Stunden verzichtet, damit ich meinen »Freizeit«-Beschäftigungen bei Feuerwehr und Medien ungestört nachkommen konnte.

Mein Vater Wilhelm Schmid (1911–1991) hat mir früher gerne Begebenheiten aus seinen Jugendjahren und seiner Feuerwehrdienstzeit in seinem Heimatdorf Röfingen bei Burgau (Landkreis Günzburg) erzählt, die ich im ersten Kapitel unter dem Titel »D'Katz mit am fuiriga Wedel« an den Anfang der »Feuerwehrgeschichten« stellen konnte.

Meine Feuerwehrkameraden, insbesondere aus Illertissen, aber auch aus der Umgebung, haben mir immer wieder über originelle

Erlebnisse berichtet, die es uns neben allen Bränden, Unfällen und Katastrophen erleichtern, den nicht immer einfachen Dienst am Mitmenschen in Not gut durchzustehen.

Besonderer Dank gilt dabei allen Führungskräften der vergangenen fünf Jahrzehnte, aber auch den bereits eingangs erwähnten Kameraden aus unserer Senioren-Stammtischrunde, von denen vor allem Wendelin Wöhrle, unser Ältester, über einen schier unerschöpflichen Schatz an Wissen und Erinnerungen aus früheren Jahrzehnten verfügt.

Die Oldtimerfreunde der Feuerwehr Illertissen engagieren sich sehr, um unser TLF 16/24 zu pflegen und instandzuhalten.

Meine Kolleginnen und Kollegen aus den Redaktionen der Illertisser und Neu-Ulmer Zeitung haben mir durch ihre Aufträge immer wieder zu interessanten und denkwürdigen Erlebnissen verholfen und haben meine Geschichten stets gekonnt für unsere Leser aufbereitet. Ronald Hinzpeter, Redaktionsleiter der Illertisser und Neu-Ulmer Zeitung und langjähriger Wegbegleiter meiner Medienarbeit, macht mit seinem in gewohnt vortrefflichem Stil verfassten Vorwort Appetit auf das Buch.

Unser Ehrenbürger Josef Kränzle, gleichermaßen erfolgreich als langjähriger Aktiver des Fußballvereins Illertissen, Unternehmer und Kommunalpolitiker sowie äußerst verdient als Förderer des Kultur- und Vereinslebens in unserer Heimatstadt, hat das Buch durch einen Zuschuss ermöglicht.

Herr Dr. Christoph Konrad hat als Verleger dem Ganzen die richtige Form gegeben und in stets äußerst angenehmer Zusammenarbeit das gesamte Projekt realisiert.

Wilhelm Schmid, Illertissen, im Herbst 2019

FEUERWEHR
ILLERTISSEN
SSEN 2007

Feuerwehrgeschichten

D'Katz mit am fuiriga Wedel

Feuerwehren in unserem heutigen Sinne entstanden in Bayern erstmals in der zweiten Hälfte des 19. Jahrhunderts. Zuvor waren ganz einfach »alle wehrfähigen Männer« verpflichtet, sich bei Alarm – der durch »Sturmläuten« oder mit Trompetensignal gegeben wurde – am Brandplatz einzufinden »und der Amtleute Befehl gehorsam zu sein«, wie es in einer alten Chronik heißt. Dann stellte man sich in einer langen Reihe auf und die ledernen Löscheimer – jeder hatte einen von daheim mitzubringen – wurden an einem Bach oder Weiher mit Löschwasser gefüllt. Was dann geschah, schildert Friedrich Schiller in seinem »Lied von der Glocke«: »Durch der Hände lange Kette um die Wette fliegt der Eimer …« Der Erfolg solcher »Löschangriffe« blieb meist bescheiden. Erste Verbesserungen brachten pferdebespannte Handdruckspritzen und Leitern, die von Pionieren der »Feuerwehr-Requisiten«-Herstellung wie Carl Metz und Conrad Dietrich Magirus gebaut wurden. Von da an legten in Bayern die »Königlich-Bayerischen Bezirksämter« Wert darauf, dass allerorts Feuerwehren gegründet wurden. So geschah es auch anno 1864 in Illertissen.

In den folgenden Jahrzehnten wurde schließlich auch die Brandversicherung mehr und mehr eingeführt. Als sich die Erfahrung verbreitete, dass man davon einen schönen Anteil des Schadens nach einem Brand ersetzt bekam, soll es zu allerlei kuriosen Vorfällen gekommen sein, die in Protokollbüchern der Feuerwehren heute noch nachzulesen sind.

So entstand der Begriff vom »Warm-Abbrechen«. Hier einige Beispiele aus den späten Zwanziger Jahren des 20. Jahrhunderts: Einmal wurde in einem schwäbischen Dorf »Blitzschlag« als

Brandursache angegeben, aber wie mir jemand, der dabei war, glaubhaft versicherte, sei das Gewitter schon zwei Stunden zuvor vorbei gewesen. Ein anderes Mal sei die Katze des Bauernhofes nach dem Brotbacken in das hofeigene »Backhäusle« gesprungen und sie habe sich dabei wohl den Schwanz (schwäbisch »Wedel«) verbrannt. »Mit am fuiriga Wedel« sei sie daraufhin im Schrecken »ins Koarahaus«, also den Speicher, hinauf gerannt und habe so das verursacht, was man heute den »Vollbrand eines landwirtschaftlichen Anwesens« nennen würde.

Dass solche Geschichten von der Gendarmerie bald nicht mehr geglaubt wurden, lag auf der Hand. So kam beim nächsten Feueralarm im gleichen Dorf der »Schandarm« mit dem Fahrrad aus der nahen Stadt, um »Ermittlungen aufzunehmen«. Das gefiel den Feuerwehrleuten nicht so gut, denn sie standen eher auf der Seite der Hofbesitzer. Was dann geschah, ist wie folgt protokolliert: »Hauptwachtmeister G. ging ohne Erlaubnis des Kommandanten, also unberechtigt, von der nördlichen Seite in das Brandobjekt hinein und kam südlich wieder bei der Stalltüre heraus, wo er geradewegs in den Löschstrahl lief. Dieses verursachte starke Schimpf- und Lachszenen am Brandplatz, wodurch die Arbeit der Feuerwehr gehindert wurde.« Einer, der dabei war, erzählte mir, dass außerdem nicht mit Wasser, sondern, wie damals üblich, mit »Mistlach«, also Jauche, gelöscht wurde, weil ja jeder Bauernhof sein »Lachaloch« vor dem Stall hatte und das »Löschmittel« daraus sofort verfügbar war.

Im gleichen Dorf brannte einmal ein Hof, von dem die Feuerwehrleute wussten, dass dort drei junge Mädchen daheim waren. Diese hatten ihre Aussteuer – Bettzeug und Geschirr – ganz stolz in einem großen »Glaskasten«, also einem Vitrinenschrank, im oberen Stock des Wohnhauses aufbewahrt. Als die Gefahr aufkam, dass der Brand vom Stall und der Scheune auf das Wohnhaus übergreifen könnte, rannte ein junger Feuerwehrmann mit einem großen Korb (schwäbisch »Kretta«) die Stiege ins Obergeschoß hinauf, um wenigstens das wertvolle Porzellan zu retten. Während er also glaubte, durch seine mutige Tat einen guten Eindruck bei den Töchtern des Hauses zu machen, kam ihm die Bäuerin entgegen und rief ihm zu: »Mei Bua, gang no meah na mit Deim Kretta, die domme Siacha hand scho da ganza Glaskaschta zom Feaschter naus gschmissa!« Seine übereifrigen Kameraden hatten also den kompletten Schrank samt Inhalt auf der anderen Seite des Gebäudes durch das Fenster geworfen, wobei sie angeblich sogar noch schnell mit ihren Feuerwehräxten den ganzen »Kreuzstock«, also den Fensterrahmen, hinaus geschlagen hatten, damit das Möbel-»Trumm« auch durch passte.

Zur Abrundung noch ein anderes Protokoll-Zitat aus dieser Zeit: »Um 19.35 Uhr wurde durch Trompetensignal Feueralarm gegeben. Jedoch war für die gesamte Bevölkerung die Enttäuschung sehr groß, da es sich um einen Fehlalarm handelte.«

FIRE DEP.
FREIWILLIGE
FEUERWEHR
JLLERTISSEN

Von der »Feuerschutzpolizei« zum »Fire Dept.«

Im Zweiten Weltkrieg wurden die Freiwilligen Feuerwehren im Zuge der »Gleichschaltung« als »Feuerschutzpolizei« bezeichnet. In Illertissen wurde als erstes Löschfahrzeug ein LF 15 bereitgestellt, und bald wurde klar, weshalb das geschehen war: Die Männer, die nicht zur »Wehrmacht« eingezogen worden waren, mussten damit ausrücken, um bei Löscheinsätzen nach Bombenangriffen zu helfen. Illertissen blieb Gott sei Dank größtenteils verschont, aber es ging viermal nach München, einmal nach Augsburg, zehnmal nach Ulm / Neu-Ulm, dreimal nach Weißenhorn und einmal nach Unterroth. Die Erlebnisse dort müssen so schrecklich gewesen sein, dass die beteiligten Kameraden uns jungen Feuerwehrleuten in der Nachkriegszeit kaum etwas davon erzählten.

Nur eine Geschichte blieb erhalten: Am 24. April 1945 musste die Mannschaft nach Unterroth ausrücken, wo amerikanische Jagdflieger einige Häuser und Höfe in Brand geschossen hatten. Zuvor waren einige übrig gebliebene deutsche Soldaten der Meinung gewesen, sie müssten von dort aus noch die vorrückenden US-Truppen beschießen. Sechs Zivilisten und drei Soldaten fielen dem Fliegerangriff zum Opfer. Als die Löscharbeiten ihrem Ende zu gingen, hörte man plötzlich von Illertissen her eine Detonation und sah eine Rauchsäule aufsteigen. Wie sich erst später herausstellte, hatten deutsche Soldaten am Martinsplatz ihren letzten Panzer durch einen absichtlich herbeigeführten »Rohrkrepierer« gesprengt, um schneller fliehen zu können und nicht womöglich als »Deserteure« festgenommen zu werden. Der damalige stellvertretende Kommandant der Illertisser Feuerwehr, Dismas Pfister, genannt »Pfister Max«, meldete seine Löschgruppe daraufhin beim Unterrother Bürgermeister ab mit den Worten: »Wenn es jetzt bei uns daheim auch los geht, müssen wir zurück!« Und man fuhr durchs Rothtal hinüber nach Illertissen.

Oben an der Vöhlinstraße, der »Steig«, angekommen, warnten besorgte Leute die Mannschaft: Die Amerikaner seien gerade in Illertissen einmarschiert und sie stünden unten beim Gasthof »Krone«, gegenüber vom Rathaus. Der »Pfister Max« antwortete: »Die können uns nichts tun, die Feuerwehr ist international, wir fahren ins Gerätehaus!« Das war damals im Rathaus untergebracht. Man setzte den jüngsten Feuerwehrmann auf die Motorhaube des Löschfahrzeuges, damit er mit einem weißen Taschentuch winken sollte, und der Maschinist warf seine unter dem Fahrersitz mitgeführte Pistole – warum er die dabei hatte, weiß niemand mehr – ins Gebüsch an der »Steig«. Unten an der »Krone« wurde die ganze Mannschaft gefangen genommen und über die Iller nach Dietenheim in ein Gefangenenlager abgeführt.

Mangels Sprachkenntnissen war es nicht möglich, zu erklären, dass die Feuerwehrleute keine Soldaten waren. Die olivfarbenen Schutzanzüge sahen auch zu militärisch aus, und – was besonders gefährlich war: Die damals sonst roten Feuerwehrhelme waren aus Luftschutzgründen schwarz lackiert, und Helme in dieser Farbe hatte auch die SS. Nach vier Tagen kam ein deutscher Offizier ins Lager, der den US-Verantwortlichen schließlich auf Englisch klarmachen konnte, dass es sich bei der Illertisser Mannschaft um Feuerwehrleute handelte. So wurden sie freigelassen, und bald darauf wurde von der Militärregierung befohlen, dass über dem bayerischen Ärmelwappen auf den Schutzanzügen die Aufschrift »Fire Dept.« (»Fire Department« – Feuerwehr) aufgenäht werden müsse. Diese Anzüge waren noch bis nach 1970 in Gebrauch.

Brand, Brotzeit und Freibier

13.3.1957
Mittwoch

Lieber Herr Bürgermeister!
Liebe Feuerwehr-Männer!

Es ist uns ein aufrichtiges Bedürfnis, Ihnen für Ihren ausserordentlich mutigen Einsatz bei der Bekämpfung des Brandfalles in unserem Werk besondere Anerkennung und unseren herzlichen Dank zu sagen. Das rasche Erscheinen am Brandplatz und das disziplinierte und mutige Eingreifen der freiwilligen Feuerwehr Illertissen ließ den Brand verhältnismäßig rasch lokalisieren und großen Schaden verhindern.

Für eine ordentliche Brotzeit und Getränke der Wehrmänner erhalten Sie in der Anlage

DM. 100.00.

Nach Möglichkeit geben wir Ihnen das Lokal noch bekannt, wo dieses Essen eingenommen werden soll.

Mit freundlichen Grüßen
RUDOLF KURZ & Co.
ppa. (Unterschrift)

Dieses Schreiben vom ortsansässigen Holzwerk ist im Archiv der Feuerwehr Illertissen erhalten. Für die stolze Summe von einhundert Deutschen Mark konnte man damals die gesamte Mannschaft mit Essen und Getränken verpflegen. 51 Jahre danach, also

2008, brach in derselben Firma wieder ein Großbrand aus, und unsere Wehr erhielt nach dem Einsatz zum Dank ein Rettungsboot RTB 2 aus Alu, das sicherlich ein Vielfaches von den damaligen 100 DM kostete. Aber es darf angenommen werden, dass sich die Kameraden anno 1957 mindestens genau so über die Brotzeit gefreut haben, wie wir im Jahr 2008 über das Boot.

Das »Nachlöschen« war bei der Feuerwehr ein gern gepflegter Brauch, dessen Ausübung manchmal länger als der Einsatz gedauert haben soll. Später wurde es üblich, nach getaner Arbeit noch eine »Beruhigungs-Halbe« zu trinken, was wohl eine frühe Form der »Psycho-Sozialen Notfallversorgung (PSNV)« darstellte. Obwohl man es nie zugab und als unerschütterlicher »harter Hund« gelten wollte, spürte man es schon damals: Es tut einfach gut, sich nach den oft auch belastenden Einsätzen noch mit den Kameraden zu unterhalten. Nur hat heute kaum mehr jemand Zeit dafür, denn der Arbeitsplatz oder die Familie warten. Für echte Notfälle haben wir heute eine qualifizierte »PSNV«, und es ist gut, dass deren Fachkräfte professionell helfen können.

Mein erster »Überlandeinsatz« führte mich nach Bebenhausen, heute ein Ortsteil von Kettershausen im Unterallgäu. Damals wurde noch ausschließlich per Sirene alarmiert, und so hatte ich als einer, der am Stadtrand wohnte, nur selten Gelegenheit, bei Auswärtseinsätzen mitzukommen, da die Fahrzeuge schnell von den Kameraden besetzt waren, die in der Umgebung des Rathauses arbeiteten. Der rückwärtige Teil des dortigen Erdgeschosses war unser Gerätehaus. Vom Bauhof – heute unvorstellbar, aber damals in der Schranne – vom Rathaus sowie von Bauernhöfen und Handwerksbetrieben im Stadtzentrum kamen stets zahlreiche Einsatzkräfte. Unsere Wehr war damals schon für ihre schnellen Ausrückzeiten und die hohe Tagesalarmstärke bekannt. Anfang

Großbrand bei RUKU in Illertissen im Mai 2008

September 1969, an einem Vormittag in den Sommerferien, war ich zufällig in der Nähe des Rathauses, als die Sirene heulte. Als Sechzehnjähriger durfte man schon mit, und schnell rannte ich zu den bereits geöffneten Toren. Einer rief mir zu: »Los, aufs TLF!« Damit war unser Tanklöschfahrzeug TLF 16/24 gemeint, also die »Titelfigur« dieses Buches. Schnell war der Schutzanzug übergezogen, rein in die Gummistiefel, Helm auf und eingestiegen. Und schon hieß es: »Auf geht's!« Unser Fahrer war einer unserer erfahrensten Maschinisten; neben ihm saß unser stellvertretender Kommandant, und dahinter auf der hölzernen Mannschaftsbank saßen neben mir zwei Bauhofmitarbeiter, die von der Schranne herüber gekommen waren. Nun ging es über Unter- und Oberroth nach Babenhausen, denn die heutige Kreisstraße NU 5 bzw. MN 27 über Matzenhofen nach Kettershausen war damals noch nicht ausgebaut.

Am Ortseingang von Babenhausen nahm unser Fahrer eine Abkürzung: Obwohl die Günzbrücke in der Frundsbergstraße nur für Fahrzeuge bis 1,2 Tonnen zugelassen war, fuhren wir dort hinauf, um den Umweg über die Stadtgasse und vorbei am Fuggerschloss abzukürzen. »Dia hat bis jetzt no allaweil ghebt, ond bis dia zammkracht, send mir scho lang deana« beruhigte er uns – und tatsächlich, die Brücke »hat g'hebt«.

Kurz vor der Ankunft sagte der neben mir sitzende Kamerad: »Bua, Du kommsch mit mir!« So bauten wir eine Leitung auf und gingen mit einem Strahlrohr vor, zwischen den brennenden Stadel und das hölzerne Silo dahinter, um die Ausbreitung des Brandes zu verhindern. Gemeinsam mit den anderen Wehren gelang es schließlich, das Feuer zu löschen. Der Schaden für den Bauernhof war zwar enorm, aber soweit ich mich erinnern kann, konnte man das Wohnhaus zumindest teilweise retten. Und man hatte immerhin die Nachbaranwesen geschützt. Beim Aufräumen kam der Bürgermeister und lud uns in den nahe gelegenen Dorfgasthof ein. Das sei so der Brauch, erklärte mir unser stellvertretender Kommandant, dass die »brandleidende Gemeinde« die auswärtigen Wehren einladen müsse. Das nahmen wir natürlich gerne an. Wir saßen noch nicht ganz, und schon brachte man jedem ein Bier, während die Wirtin schnell rote Würste, auch als »Schübling« bekannt, heiß machte. Bis die Küche so weit war, brauchte mancher schon ein frisches Bier, und als die Würste serviert wurden, noch eines – bei manchem sollen es noch mehr geworden sein. Schließlich gab man aber doch das Signal zum Aufbruch, und der Maschinist lenkte unser TLF wieder heim. Dass er auch ein paar Biere getrunken hatte, darf man heute ruhig zugeben.

Ein anderes Mal, es war in den Sechziger Jahren des vorigen Jahrhunderts, klappte es mit dem Nachlöschen nicht wie gewünscht: Man hatte einen Einsatz im sogenannten »ausmärkischen Bezirk Auwald« auf der westlichen Seite der Iller abzuarbeiten, und weil dieses Gebiet zu Bayern gehört, waren dort unsere Feuerwehr und die bayerische Polizei zuständig. Auf der Rückfahrt fasste die Besatzung unseres Tanklöschfahrzeuges den Beschluss, dass man im Vorbeiweg noch im Ortsteil Dornweiler beim dortigen Gasthof, volkstümlich »Doarawirt« genannt, einkehren müsse. Nun traute man sich aber doch nicht, das Einsatzfahrzeug so einfach vor der Wirtschaft zu parken, denn was würden die Leute denken? So bat man den Wirt, er solle hinter dem Haus das Stadeltor aufmachen, um das große rote Auto dort unauffällig abzustellen. Doch das war leider nicht möglich, denn der Wirt gab zur Antwort: »Des goht it, do schtoht scho s' Polizeiauto denna!«

Wie sogar Freibier teurer werden kann

Es war an einem Samstagnachmittag gegen Ende der Sechziger Jahre des vorigen Jahrhunderts. Für »ungefähr zwei Uhr nachmittags« war eine Großübung im Kloster Roggenburg angesagt. Vor der Neubesiedlung durch die Prämonstratenser-Patres anno 1982 waren dort die Gemeindeverwaltung, die Schule und Wohnungen untergebracht, und trotz des damals schlechten Bauzustandes fühlten sich die Feuerwehren natürlich dafür verantwortlich, das Baudenkmal zu schützen. Inzwischen wurde ja bekanntlich daraus ein höchst renommiertes Bildungs- und Kulturzentrum mit einem für die weite Umgebung segensreich wirkenden Konvent.

Es gab einen Alarmplan, demzufolge unsere Illertisser Wehr Löschwasser aus dem Stiftweiher nahe bei der Turmuhrenfabrik Pechmann zu fördern hatte. Damit sollten dann die wegen ihrer längeren Anfahrt später eintreffenden Kameraden aus Altenstadt versorgt werden, ehe auch wir selbst in die Löscharbeiten eingreifen konnten.

So traf man sich »vorsichtshalber« schon vor der vermuteten Alarmzeit fertig ausgerüstet im nahe gelegenen Gasthof »Adler«, um sich für die bevorstehenden Strapazen zu stärken und beim Ertönen der Sirene nur noch in die auf dem Rathaushof bereit stehenden Löschfahrzeuge einsteigen zu müssen. Einer unserer Gruppenführer gab für uns Jüngere je ein Freibier aus, doch dann gab es eine böse Überraschung: Er wollte nach dem ersten »Prosit« gleich bezahlen, um beim Alarm ohne Verzögerung mitzukommen. Schon hatte er pro Halbe 60 Pfennige bereit gelegt, als die Bedienung bekannt gab, dass das Bier seit heute um fünf Pfennige teurer geworden sei.

Großübung am Kloster Roggenburg

Der Ärger war groß, und »des hättesch au vorher saga könna« war noch einer der harmloseren Kommentare. Schimpfend bezahlte der Kamerad die spendierten Biere.

Glücklicherweise übertönte dann die Sirene vom Rathausdach die aufkommende Diskussion, und so kam es dank des Alarms zu keiner »Bierpreis-Revolution« oder gar zu einem »Bierstreik«, wie er von früheren Jahren aus München berichtet wird. Schnell wurde ausgetrunken und man rannte zu den Löschfahrzeugen. Die Bedienung und wahrscheinlich auch einige von uns waren wohl noch nie so froh über einen Alarm, und wir Nachwuchskräfte hatten erlebt, wie sogar Freibier teurer werden kann.

Landrat, Leberkäs und Löschwasser

Es war an einem heißen Sommer-Samstag im Jahre 1982. Eine Fabrikhalle der ehemaligen Spinnerei Adolff bzw. der Gartengerätefirma Adlus-Langenstein, westlich der Bahnlinie, zwischen der Auer und der Dietenheimer Straße gelegen, war abbruchreif. Das Gelände bot sich geradezu an für eine große Übung. Diese fand unter zahlreicher Beteiligung von Feuerwehren und Sanitätskolonnen aus Illertissen und Umgebung statt. Um seine Solidarität mit den Hilfsorganisationen zu zeigen und deren Leistungsfähigkeit demonstriert zu bekommen, war auch der damalige Landrat unter den Beobachtern.

Nach getaner Arbeit hatte er vor der benachbarten TSV-Turnhalle Biertischgarnituren aufbauen lassen, damit sich die Übungsteilnehmer bei Leberkäs und Freibier von den Strapazen erholen konnten. Dank dieser Aussicht ging nach dem willkommenen Befehl »Übungsende!« der Abbau der Schlauchleitungen und sonstigen Gerätschaften sehr rasch über die Bühne. Unser Maschinist des Tanklöschfahrzeuges wollte noch schnell den 2400-Liter-Wassertank am nächsten Hydranten füllen, doch der Kommandant meinte, das könne er auch noch später erledigen, wenn wir wieder im Gerätehaus seien. Jetzt müsse man sich schnell hinsetzen, denn der Herr Landrat wolle vor der Brotzeit noch ein Grußwort sprechen und man könne den Gastgeber nicht warten lassen. Das ließen wir uns natürlich nicht zweimal sagen; jeder holte im Vorbeiweg ein Bier aus den bereitstehenden Kästen und freute sich auf die schöne Leberkäs-Brotzeit, die fleißige BRK-Helferinnen hergerichtet hatten. Nun richtete der Herr Landrat noch einige Dankesworte an die Übungsteilnehmer. Er zeigte sich angesichts der vorgeführten Leistungen durchaus beeindruckt und würdigte das ehrenamtliche Engagement an einem Samstag in der Freizeit. Mit einem freundlichen »Prosit und guten Appetit!« beendete er seine Ansprache. Wir öffneten gerade unsere Bierflaschen, als zwei Polizeibeamte an unsere Tische kamen. Auf deren freundliches »So, schmeckt's?« gaben wir natürlich zur Antwort: »Ihr seid ja doch bloß neidisch!« Darauf kam die Gegenfrage: »Euch wird der Appetit gleich vergehen – ja habt Ihr denn den Alarm nicht mitbekommen?« Und weiter: »In Ritzisried brennt ein Bauernhof, gleich neben der Kirche, schaut bloß, dass Ihr da hinüber kommt!« Jetzt gab es natürlich nur noch eines: Bier und Leberkäs wurden unter großem Bedauern stehen gelassen, und los ging's mit Sondersignal durch's Städtle, quer durch's Rothtal nach Buch und von dort hinüber nach Ritzisried.

Als wir an unserem Rathaus vorbei die »Steig«, also die Vöhlinstraße, hinauf fuhren, wunderte sich unser Maschinist: »Herrschaft, der Karra lauft heit wia verruckt!« Die 125 PS des damals schon 25 Jahre alten Fahrzeugs waren ja kein Luxus, und bergauf spürte man das sonst schon. Da fiel es uns »siedig heiß« ein: Unser Löschwassertank war ja leer, und deshalb war »der Karra« um knapp zweieinhalb Tonnen leichter! Die Höflichkeit gegenüber dem Herrn Landrat, der Hinweis unseres Kommandanten und wohl auch unser Durst hatten ja die »sofortige Wiederherstellung der Einsatzbereitschaft«, also das Auffüllen des Tanks, verhindert. Doch unser Gruppenführer hatte die rettende Idee: Er rief über Funk die Bucher Kameraden und fragte nach, ob sie uns schon eine Lagemeldung und einen Auftrag hätten; wir seien auf der Anfahrt und mit unserem Eintreffen sei in Kürze zu rechnen. Die Lage lautete: »Landwirtschaftliches Anwesen in Vollbrand, Feuer droht auf die Kirche überzugreifen« und der Auftrag »Aufbau einer Widerstandslinie hinter der Kirche!«. Darauf unser Gruppenführer: »Verstanden – Aufbau einer Widerstandslinie hinter der Kirche – Frage: Können Sie für uns eine Versorgungsleitung bereit legen, zum Anschluss an unser TLF?« »Florian Buch« bestätigte wiederum diesen Auftrag; bald darauf kamen wir in Ritzisried an und die inzwischen bereit gelegte B-Leitung wurde an unser TLF angeschlossen. »Verteiler eine B-Länge vor – drei C-Rohre zwischen Stadel und Kirche vor!« lautete unser Einsatzbefehl und sofort schossen kräftige Wasserstrahlen hoch. So blieb die Kirche vom »Roten Hahn« verschont.

Wir hätten uns natürlich nie die Blöße gegeben, bei der Anfahrt im Funk zuzugeben, dass wir kein Wasser im Tank hatten. Aber der Aufbau ging dank der bereitgelegten Leitung so schnell vonstatten, dass von den Umstehenden zu hören war: »Gell, so a Tanklöschfahrzeug isch doch guat, do kasch halt glei loslega mit am Löscha!« Wahrscheinlich erfahren einige Bucher Feuerwehrkameraden erst hier, dass sie uns mit ihren schnell ausgelegten B-Schläuchen vor einer sauberen Blamage bewahrt hatten – das ist halt echte Feuerwehrkameradschaft!

Wo goht's nach Halbertshofa?

Es war kurz vor dem Nikolaustag des Jahres 1986. Da piepste der Funkmeldeempfänger, und die Alarmmeldung lautete: »Bauernhofbrand in Halbertshofen!« Ich war gerade mitten in der Stadt unterwegs und kam dadurch als einer der ersten im gerade zwei Jahre zuvor neu erbauten Gerätehaus an der Vöhlinstraße an. Schnell war das Tanklöschfahrzeug besetzt und wir fuhren die Steig hinauf. Oben angekommen, drehte sich der Gruppenführer um und fragte in die Runde: »Woiß oiner von Euch: Wo goht's nach Halbertshofa? Do bin i meiner Lebtag no nia gwea!« Doch er erntete nur ratlose Blicke. Dass es irgendwo hinter Buch liegen müsste, hatten wir schon vermutet, aber die Zeit, als man in der Schule den früheren Landkreis Illertissen in Heimatkunde durchgenommen hatte, war halt doch schon ein paar Jahre her. Landkarten führte man im Einsatzfahrzeug nicht mit, denn man meinte ja, die Gegend zu kennen. Und den Begriff »Navigation« kannte man nur aus der Schifffahrt und der Fliegerei. Mit »GPS« hätte auch niemand etwas anfangen können. Hätte damals einer erzählt, es würde in ein paar Jahren ein kleines Gerät geben, das im Armaturenbrett eines jeden Autos eingebaut sei, von wo aus dann eine freundliche Frauenstimme Befehle wie »In zweihundert Metern: Links abbiegen!« oder gar den sinnigen Hinweis »Fahren Sie geradeaus über den Kreisverkehr!« heraus posaunen würde – man hätte den Zeitgenossen allenfalls milde belächelt und für einen Spinner gehalten.

Aber wir mussten ja nach Halbertshofen und nun war guter Rat teuer. Wie schon gesagt, irgendwo hinter Buch musste es wohl liegen, aber keiner von uns kannte die geographischen Feinheiten des Roth-, Biber- und Osterbachtals. Beispielsweise wusste auch vermutlich keiner von uns, wo genau die dortigen Bäche fließen und ich nehme an, dass man heute noch viele Leute in Illertissen findet, die von einem Vorderen oder Hinteren Huttenbach keinen blassen Schimmer haben.

Einem von uns sechs Mann – er war Lkw-Fahrer bei einem ortsansässigen Bauunternehmen – fiel schließlich ein: »I glaub, do hau i vorigs Johr amol a Ladung Kies nagfahra – des Halbertshofa muass irgendwo bei Ritzariad sei!« Damit meinte er den Bucher Ortsteil Ritzisried und den Weg dorthin kannten wir gerade noch. Über Funk die Frage zu stellen, wo denn Halbertshofen liege, wäre uns ja nie in den Sinn gekommen, denn sämtliche Feuerwehren und Polizeistationen im ganzen Landkreis hätten mithören können und das wollten wir uns doch nicht antun. So einigten wir uns schnell darauf, nach der Fahrt durch das Ried quer durch Buch und die Ritzisrieder Straße hinauf zu fahren.

Gesagt, getan, und am oberen Ende dieses beidseitig mit großen Bäumen bestandenen Hohlweges sahen wir wieder hinaus in die Landschaft. Gleich kam eine Weggabelung: Rechts wäre es nach Ritzisried gegangen, aber links zeigte ein kleiner Wegweiser nach Halbertshofen hinunter. Nur: Den brauchten wir jetzt auch nicht mehr, denn von dort oben sah man schon eine große schwarze Rauchsäule, sodass wir von da an weder Landkarte noch Navi benötigten, um die Einsatzstelle zu erreichen.

Bankräuber und Sondersignal

Fehl- oder Täuschungsalarme sind bekanntlich meistens nur nervig: Die Feuerwehrleute verlassen ihre Familien oder ihren Arbeitsplatz, ein Löschzug rückt aus, und bald darauf stellt sich heraus, dass der ganze Aufwand zwar nicht umsonst, aber doch vergeblich war. Besonders ärgerlich wird es bei einem sogenannten »böswilligen Fehlalarm«, wenn also jemand absichtlich einen falschen Notruf absetzt, um die Einsatzkräfte in die Irre zu führen. Dass der Meldende dadurch womöglich dringend benötigte Hilfeleistung zur gleichen Zeit an einem anderen Ort verhindert – um das zu verstehen, reicht das Denkvermögen solcher Leute nicht aus.

Im Jahr 1989 geschah aber solch ein Fehlalarm, den der Täter allerdings wohl sein Leben lang nicht mehr vergessen wird. Bei der Polizei in Illertissen ging ein Notruf ein: Eine Männerstimme meldete sich mit einem in der Gegend häufig auftretenden Namen und teilte anscheinend sehr aufgeregt mit, dass sich zwischen Nordholz und Rennertshofen soeben ein schwerer Verkehrsunfall ereignet habe. Sofort rückte unsere Feuerwehr aus; Rettungsdienst und Polizei fuhren ebenfalls in die angegebene Richtung. Doch als die ersten Einsatzfahrzeuge auf der genannten Straße mehr als zehn Kilometer von Illertissen entfernt ankamen, war von einem Unfall keine Spur zu sehen. Also fuhr man weiter über die Landkreisgrenze bis hinüber nach Breitenthal, von anderen Fahrzeugen aus suchte man diverse Seitenstraßen ab, und zahlreiche Einsatzkräfte wurden nachalarmiert, um bei der Suche zu helfen.

Inzwischen hatte sich aber Folgendes ereignet: Ein Bankräuber startete einen Überfall in einem Geldinstitut an der Hauptstraße, nahe beim Rathaus. Wie sich später heraus stellte, hatte er den Notruf ausgelöst, um die Polizei möglichst weit von Illertissen weg zu locken und damit sein Verbrechen ungestört verüben zu können. Doch er hatte zu kurz gedacht: Wegen des Alarms für die Verstärkungskräfte fuhren »Blaulichtautos« mit »Sondersignal« (Martinshorn) durch die Hauptstraße und unweit davon starteten noch weitere, bis dahin übrig gebliebene Einsatzfahrzeuge aus unserem Gerätehaus.

Als der Bankräuber gerade die erschrockenen Angestellten des Geldinstituts aufforderte, Geld heraus zu rücken, verließ ihn der Mut, denn, wie er später zugab, war er nun plötzlich der Meinung, die Polizei sei zu ihm unterwegs. Dabei rückten doch nur weitere Streifen sowie Rettungswagen und Feuerwehrautos in Richtung Nordholz aus. Der Übeltäter ließ aber in der Bank alles liegen und stehen, rannte hinaus, schwang sich auf sein Motorrad, ergriff die Flucht und fuhr die Vöhlinstraße zur Autobahneinfahrt hinauf. Die Bankangestellten hatten noch soweit die Nerven behalten, dass sie das wegfahrende Motorrad beobachten und halbwegs beschreiben konnten. Sie hatten bereits Überfallalarm ausgelöst, schnell wurde zusätzlich telefonisch die Polizei verständigt und diese löste eine große Fahndungsaktion aus. Eine gute Viertelstunde später wurde der verhinderte Bankräuber auf der Adenauerbrücke zwischen Neu-Ulm und Ulm an einer dort eingerichteten Kontrollstelle festgenommen. Der Straftatbestand »Missbrauch von Notrufen« wird wohl vor Gericht im Vergleich zu dem Banküberfall kaum noch ins Gewicht gefallen sein.

Die GAMS-Regel

Gefahrguteinsätze sind bekanntlich oft nicht nur langwierig, sondern sie erfordern auch besondere Kenntnisse bei Einsatzleitung und Mannschaft. Deshalb gibt es für solche Lagen auch spezielle Regeln, die man sich einfach merken kann, um im Ernstfall sofort das Richtige zu tun. Eine der bekanntesten davon ist die sogenannte »GAMS«-Regel. Diese hat nun gleich gar nichts mit der gleichnamigen Bergziegenart zu tun, sondern die vier Buchstaben bedeuten ganz einfach: »**G**efahr erkennen – **A**bsperrung errichten – **M**enschen retten – **S**pezialkräfte anfordern!«

Gefahrguteinsatz !
Auf dem Illertisser Weiher schwimmt ein seltsames weißes Pulver

Einen kuriosen Gefahrguteinsatz hatten wir im Juni 2013 am Illertisser Stadtweiher zu »bewältigen«: Ein Bauhofmitarbeiter war dort eines Morgens unterwegs, um Abfallbehälter zu leeren. Da fand er am Waldweg entlang der Weiherhalde und auf dem Weiher ein seltsames weißes Pulver, das auf mehreren Quadratmetern verstreut war. Pflichtgemäß alarmierte er die Feuerwehr, um die geheimnisvolle chemische Substanz beseitigen zu lassen. Nach unserem Eintreffen fuhr er zurück in den Bauhof. Nun ging man streng nach der »GAMS«-Regel vor: Die Gefahr war bereits erkannt, man spannte rot-weiße Absperrbänder, Menschenrettung war glücklicherweise nicht nötig, und als Spezial-Einsatzkraft wurde unser Fach-Kreisbrandmeister für Gefahrgut, seines Zeichens promovierter Diplom-Chemiker und Laborleiter eines großen Industriebetriebes, alarmiert.

Um die Ausbreitung der unbekannten Substanz auf dem Wasser einzudämmen und die Wasservögel auf dem Weiher zu schützen, wurde eine schwimmende Sperre aus mit Pressluft gefüllten Feuerwehrschläuchen errichtet. Nun warteten wir das Eintreffen unseres Fach-KBM ab. Er kam bald und begann, Proben der seltsamen Substanz mit einer Messerspitze aufzunehmen und diese in einen kleinen Behälter zu geben, um dann im Labor seine Untersuchungen aufnehmen zu können. Doch da kam ein weiterer Feuerwehrkamerad dazu. Er war auch im Bauhof beschäftigt und hatte vor seiner Fahrt in den Einsatz mit dem Kollegen gesprochen, der den Alarm ausgelöst hatte. Er sagte zum promovierten Diplom-Chemiker und Fach-Kreisbrandmeister: »Do brauchsch it so lang ontersuacha, des isch it g'fährlich – dr oi, wo des gfonda hat, hat mit am nassa Finger neiglangat und hat an abg'schleckt. Es däb a wenga salzig schmecka. So arg giftig ka des aber it sei, weil: Der hockat jetzt em Bauhof, leabt allaweil no ond macht grad Brotzeit!« Unser Fach-KBM, der am Ufer des Weihers in die Hocke gegangen war, um die Proben aufzunehmen, wäre vor Lachen beinahe ins Wasser gefallen.

Wie sich herausstellte, kam die »unbekannte Substanz« aus einem Pulverlöscher, den Vandalen nachts irgendwo geklaut und am Weiher »abgeschossen« hatten. Das leere Löschgerät fanden Bauhofmitarbeiter bald danach in einem Papierkorb in der Nähe. So war wenigstens die Quelle des Gefahrguts gefunden. Wir saugten das Pulver an Land und im Wasser so weit wie möglich auf und der Einsatz war erledigt. Aber die »GAMS«-Regel hatten wir vorschriftsgemäß befolgt.

FEUERWEHR
ILLERTISSEN
30
FF ILLERTISSEN

Ehrenamtliche überlastet?

Nach den unterhaltsamen Feuerwehrgeschichten eine ernst gemeinte Rückblende auf die Silvester- und Neujahrsnacht 2016/17:

> Es war schon eine seltsame Szene: Leuchtraketen, Böller und Kirchenglocken verkündeten den Jahreswechsel, überall auf den Straßen umarmten und beglückwünschten sich die Menschen, nur an der Ecke von der Auer Straße zur Franz-Eugen-Huber-Straße blinkten Blaulichter, wurden Schlauchleitungen aufgebaut und Feuerwehrleute mit Atemschutzgeräten drangen in eine brennende Wohnung vor.
> Schon Stunden zuvor waren dieselben Leute wegen eines Alarms ausgerückt, den ein Tischfeuerwerk in einem Seniorenheim ausgelöst hatte. Und nachdem um halb vier Uhr morgens die letzten Einsatzkräfte den Brandort an der Auer Straße verlassen hatten, war die Nacht um sechs Uhr schon wieder vorbei, denn in Dietenheim wurde Unterstützung durch die Drehleiter und ein Löschfahrzeug benötigt. Das und alle weiteren Einsätze im Laufe des Jahres – allein in der Kernstadt Illertissen sind es rund zweihundert – werden ausschließlich von Ehrenamtlichen abgearbeitet. Beim Besuch von Schulklassen im Gerätehaus wird oft nach der »Rutschstange« gefragt, an der die Feuerwehrleute von ihrem Schlafraum in die Fahr-

links: Einer der drei Feuerwehreinsätze in der Silvesternacht

zeughalle flitzen. Die Überraschung ist jedes Mal groß, wenn die Einsatzkräfte erklären, dass es gar keinen Schlafraum gibt und dass die Aktiven alle von zu Hause oder von ihrem Arbeitsplatz in den Einsatz kommen.

Nach drei Einsätzen in der Silvesternacht muss die Frage aufkommen, wie lange das alles noch von Ehrenamtlichen geleistet werden kann und wie lange das von Familienangehörigen – gerade dann, wenn alle anderen feiern – oder von Arbeitgebern toleriert wird. Die Illertisser Feuerwehr kann sich gewiss nicht über mangelnde Unterstützung durch die Kommunalpolitik beklagen; der einstimmige Beschluss zum Gerätehaus-Neubau und regelmäßige Ersatzbeschaffungen für bis zu 30 Jahre alte Fahrzeuge bestätigen, dass man sich im Stadtrat der Bedeutung der Pflichtaufgabe Feuerwehr durchaus bewusst ist.

Gerade im Hinblick auf den Neubau drängt sich aber der Gedanke an mehr hauptamtliches Personal auf, das nicht nur zahlreiche »Kleineinsätze«, sondern auch Wartungsarbeiten erledigen kann, ohne dass Ehrenamtliche ihre Familien oder ihren Arbeitsplatz verlassen müssen. Und wenn die Entwicklung so weiter geht, dass sich immer weniger Ehrenamtliche bereitfinden, dann wird für die fernere Zukunft auch das Thema »Hauptamtliche Wache« nicht mehr tabu bleiben. Denn in den Dörfern der Umgebung ist die »Tagesalarmstärke« schon heute ein Problem. Kommunale Zweckverbände werden dann für die Feuerwehr-»Versorgung« unumgänglich.

Schulgeschichten

Credo, Stops, Dall und andere

Von 1962 bis zum Abitur im Jahr 1971 war ich Schüler am Gymnasium des Kollegs der Schulbrüder in Illertissen. Mein Lehrer in der 4. Klasse der »Knabenschule« hatte meinen Eltern den Übertritt empfohlen, und obwohl man am Kolleg als einer Privatschule noch Schulgeld und alle Bücher selbst bezahlen musste – »Lernmittelfreiheit« war noch ein Fremdwort – und ich nach meinem fünf Jahre älteren Bruder der zweite Kollegsschüler in der Familie war, nahmen meine Eltern die finanzielle Belastung in Kauf. So begann nach einer dreitägigen Aufnahmeprüfung der Unterricht und bald lernte ich Lehrerpersönlichkeiten kennen, die nicht nur für mich durchaus positiv prägend wirkten.

Da war unser Französischlehrer Bruder Sigismund, ein tief religiöser Ordensmann, der deshalb bei den Schülern nur »Credo« genannt wurde. Er unterrichtete schon in den Anfangsjahren der Schulbrüder in Dietenheim. Aus dem Jahr 1923 wird in der Chronik unserer Nachbarstadt vom Bau des »Herz-Jesu-Heims«, also des Kollegs in Illertissen, berichtet, dass er neben seiner Lehrtätigkeit als »Fuhrknecht« tätig war, der mit dem Pferdefuhrwerk die noch »backwarmen« Steine in der Bellenberger Ziegelei abholte. Als das Institut 1936 von den Nazis geschlossen wurde, ging er »in die Mission«. So nannte man die Tatsache, dass mehrere Schulbrüder an Schulen ins außereuropäische Ausland gingen, um einer möglichen Verfolgung durch die Nazis zu entgehen. Bruder Sigismund war bis nach Kriegsende in der libanesischen Hauptstadt Beirut tätig, wo er Diplomatenkinder in ihrer französischen

Pause im Kolleg der Schulbrüder Mitte der 1960er Jahre

Muttersprache unterrichtete. Danach kam er zurück ans Kolleg. Jeweils in der letzten Französischstunde vor Ostern und Weihnachten erzählte er uns alljährlich mit Tränen in den Augen, dass er »das unverdiente Glück hatte, die Feiertage im Heiligen Land erleben zu dürfen.« Ihm habe ich es zu verdanken, dass mir das Französisch-Lernen richtig Spaß machte und vor allem auch, dass er mir Aussprache und Gefühl für die bald gar nicht mehr so fremde Sprache beibrachte. Jede seiner Unterrichtsstunden begann mit einem gemeinsamen Gebet in französischer Sprache. Bruder Sigismund arrangierte für mich einen mehrwöchigen Austausch mit einem Partner aus Lothringen, zu dem ich heute noch freundschaftlichen Kontakt pflege. Schließlich habe ich es auch Bruder Sigismund zu verdanken, dass ich später, als Illertissen eine Partnerschaft mit der Stadt Carnac in der Bretagne begann, über viele Jahre daran mitarbeiten und viel Schönes erleben konnte.

Unser Sportlehrer Theo Volkmann, aufgrund seiner Statur allseits als »Stops« bekannt – einmal soll sogar eine Mutter beim Elternsprechtag nach dem »Herrn Professor Stops« gefragt haben – ist mir vor allem wegen seiner genialen Methode in Erinnerung, mit der er mehr als 30 Schüler in der Turnhalle verteilte. Schließlich sollte keiner nach dem obligatorischen Warmlaufen bei den folgenden Gymnastikübungen dem Nachbarn ins Gehege kommen. So hieß es nach einigen Runden in der Halle oder auf dem Sportplatz: »Antreten und zu Vieren abzählen!« Dem »1-2-3-4-1-2-3-4 ...« folgte die Anweisung: »Die Einser sechs, die Zweier vier, die Dreier zwei Schritte vorwärts – Marsch!« Und schon standen vier Reihen voreinander, aber damit noch nicht genug; denn es folgte noch der Befehl: »Erste und dritte Reihe einen Schritt links seitwärts – Marsch!« Damit hatte jeder endgültig rundherum genügend Platz für die folgenden Freiübungen.

Sämtlichen Kollegsschülern, die nach dem Zweiten Weltkrieg bis Anfang der Siebziger Jahre ihr Abitur gemacht haben, ist Bruder Carl als Mathe- und Physiklehrer in bester Erinnerung. In seiner ganzen Lehrerzeit, so erzählte man, sei nie jemand bei den Abschlussprüfungen durchgefallen, weil er es verstand, jedem die Geheimnisse der beiden Fächer zumindest soweit nahezubringen, dass es für einen soliden Vierer reichte. »Der Dall«, wie wir ihn wegen seiner etwas gewöhnungsbedürftigen Aussprache nannten, begann fast jede Stunde mit dem gemeinsam gesungenen Lied »Der Tag ist aufgegangen«. Wenn »die Buben«, wie er uns bis zum Abitur nannte, fast am Einschlafen waren, weil wieder einmal irgendwelche Formeln oder Gesetze unser Aufnahmevermögen zu stark strapazierten, hieß es: »Fenster auf, aufstehen!« und nach ein paar Gymnastikübungen waren »die Buben« wieder wach.

Unser Musiklehrer Karl Zindl weckte in uns die Freude am Singen und Musizieren, so dass viele von uns auch in späteren Jahren musikalisch aktiv blieben.

Erwähnen muss ich auch noch meine Deutschlehrer: In der ersten Klasse war das Hans-Joachim Berke. Der spätere Realschuldirektor faszinierte uns vor allem mit seinen Gedichtvorträgen wie »Belsazar« (»Die Mitternacht zog näher schon; in stiller Ruh' lag Babylon ...«) oder »Eppelein von Gailingen« (»Sie haben ihn gefangen, mit Spießen und mit Stangen ...«).

Danach war es bis zum Abitur unser langjähriger Klassenlehrer Michael Piller, der uns Freude an der Sprache, Gefühl für stilistische und grammatische Korrektheit sowie Spaß am Schreiben vermittelte. Ihm habe ich es zu verdanken, dass ich seit nun mehr als vierzig Jahren gerne journalistisch tätig bin. Sein Unterricht war die direkte Umsetzung der Redensart, dass man »nicht für die Schule, sondern für das Leben« lernt.

Der Tanzkurs-Maibaum

Eine schöne Tradition am Kolleg war der Tanzkurs, den man zu Beginn der Oberstufe absolvierte. Nachdem es damals noch keine »hauseigenen« Schülerinnen gab, fuhren wir im Frühjahr 1969 jeden Mittwochnachmittag mit dem Bus nach Ochsenhausen, von uns lässig »OH« genannt. In dieser oberschwäbischen Stadt befand sich ein Mädcheninternat, das in der Barock-Anlage der ehemaligen Reichsabtei untergebracht war. Heute ist dort die »Landesakademie für die musizierende Jugend« des Landes Baden-Württemberg.

Neugierig betraten wir beim ersten Mal das prachtvolle barocke Refektorium. Nach kurzer Eröffnung durch Herrn Tanzlehrer Jehle forderte uns dieser kurzerhand auf: »Angaschiera, meine Herra!« Die Mädchen saßen an der gegenüberliegenden Längsseite des Saales und sie waren mindestens genau so aufgeregt wie wir. Unser historisch bewanderter Klassenlehrer hatte uns zuhause noch freundlich grinsend empfohlen, doch ja auf die wunderschönen Deckenfresken und besonders auf die barocken Engelchen zu achten. Aber jetzt ging es jedem von uns nur darum, aus der Reihe der gegenüber Sitzenden das »Engelchen« zu erreichen, das er sich schon während der Begrüßung ausgeguckt hatte. Diese wiederum fühlten sich wohl eher wie auf einem mittelalterlichen Sklavenmarkt, als wir auf sie zukamen. Doch schließlich hatten alle zusammengefunden. In den folgenden Wochen brachten uns Herr und Frau Jehle die Grundschritte der Standardtänze Fox-

Kloster Ochsenhausen, Blick auf die Basilika St. Georg, rechts das ehem. Mädcheninternat in der früheren Prälatur

trott, Langsamer und Wiener Walzer bei. Auch die lateinamerikanischen Tänze wie Tango, Rumba, Samba und Cha-Cha-Cha wurden uns von einem Mittwoch zum anderen immer geläufiger.

Nach der Tanzstunde ging es zum gemeinsamen Abendessen in den Internats-Speisesaal, wobei die Mitschüler aus dem Kollegs-Internat uns Einheimischen, den »Externen«, glaubhaft versicherten, dass das Essen in OH auch nicht besser sei als am Kolleg. Wir grinsten nur darüber, denn wir gingen ja jeden Mittag nach Schulschluss heim zu Mutters Küche. Die Klassensprecherin unserer Tanzpartnerinnen erzählte in der zweiten Woche ganz entrüstet, dass sie sich bei der Küchenchefin erkundigt habe, ob man nicht wegen der Besucher aus Illertissen etwas Besseres aufkochen könne. Doch sie habe nur zur Antwort bekommen: »Deane werrat Krautschpatza guat gnua sei!« Gewissermaßen zur Entschädigung – so fassten wir es zumindest auf – durften wir manchmal nach dem Abendessen noch gemeinsam mit den Mädels am oberhalb des Klosters gelegenen Krummbach spazieren gehen, was natürlich eine Sensation war. Es soll dabei zu Bestechungsversuchen in Richtung unseres Busfahrers gekommen sein, damit dieser auch ja nicht zu früh kam, um uns abzuholen.

So nahte der 1. Mai, und da kam die Idee auf, wir könnten doch »unseren Mädels in OH« einen Maibaum stellen. Gesagt, getan; unser Klassensprecher hatte schon den Führerschein und einen kleinen Lkw von seinem elterlichen Baugeschäft, und damit ging es am Vorabend des Maifeiertages hinaus in den Iller-Auwald. Bald war eine schöne Birke gefunden, geschmückt und aufgeladen. Bei einbrechender Dunkelheit kamen wir in der ehrwürdigen Klosteranlage an. Schnell wurde der Baum abgeladen und am Barock-Geländer der kleinen Freitreppe vor dem Internatseingang befestigt, wobei wir natürlich noch ein »Täfele« anbrachten mit der Aufschrift: »Maiengruß vom Kolleg«. Nähere Erklärungen hielten wir nicht für nötig.

Genau das sollte jedoch nun zum Auslöser eines originellen Missverständnisses werden: Die Klassenlehrerin unserer Mädels, das Fräulein Studiendirektorin K., war bereits eine ältere Dame. Sie kam zu Beginn jeder Tanzstunde, um uns zu begrüßen. Mit ihrem dunkelblauen Kostüm, weißer Bluse mit Spitzenkragen, dazu den weißen Haaren, stellte sie für uns das Musterbild der »in Ehren ergrauten« Lehrerin dar.

Es kam die erste Tanzstunde im Mai. Schon am Bus waren wir von der Mädchenschar mit lautem Jubel und herzlichem Dank für den Maibaum empfangen worden, und bald darauf erschien Fräulein K. im Refektorium. Diesmal hieß sie uns besonders freundlich willkommen, und nun gab es die Überraschung: Sie bedankte sich »ganz, ganz herzlich für den wunderschönen Maibaum«, denn: »Ich habe ja noch nie in meinem Leben einen Maien bekommen!« strahlte sie. Wir schauten uns nur verdutzt an, die Mädels unterdrückten ein aufkommendes Gelächter und unser Klassensprecher rettete die Situation, indem er erklärte, dass das doch Ehrensache sei, weil sie uns jede Woche so freundlich begrüßt hätte. Und – o Wunder! – von diesem Abend an konnte man über die Küche »nichts Unrechtes« mehr sagen.

Im Laufe der Zeit hatten unsere Tanzkünste gute Fortschritte gemacht und die Pärchen für das »Tanzkränzchen«, also den Abschlussball, kristallisierten sich heraus. Als Saaldekoration gab es natürlich: Einen bunten Maibaum.

Der Adventskranz-Apfel

Im Kolleg der Schulbrüder prägte natürlich der kirchliche Jahreslauf das Schuljahr. Ein besonderer Festtag war beispielsweise das »Stifterfest«, bei dem des Ordensgründers der Schulbrüder, des Heiligen Johannes von La Salle, gedacht wurde. Der Tag begann mit einem Festgottesdienst, der mit dem »Stifterlied« – *O blicke herab* – zu Ende ging, und danach war ein großer Festakt in der damals noch als Turnhalle verwendeten heutigen Aula, wo Chor, Orchester und Theatergruppen ihr Können zeigten.

Ein eher weltlicher, aber nicht minder gern gepflegter Brauch bestand darin, dass jede Klasse in der Adventszeit einen möglichst großen Adventskranz vor der großen grünen Tafel im Klassenzimmer hängen hatte. Im Abiturjahr legten wir natürlich unseren ganzen Stolz daran, den größten und schönsten Kranz im ganzen Schulhaus präsentieren zu können. Ein Riesen-»Wagenrad« prangte also nach dem Ersten Advent bei uns, und in den folgenden Tagen fiel vor allem unseren Internatskollegen allerlei »Kreatives« ein, um das Statussymbol der Abiturklasse zu schmücken.

Lametta wurde haufenweise aufgehängt, und ich vermute fast, dass der berühmte Spruch von Loriot – »Früher war mehr Lametta« – hier seinen Ursprung haben könnte. Ein Rauschgold-Engelchen, ein Nikolaus-Schlitten und allerlei sonstiger Kitsch wurden zur Zierde angebracht, und bald sprach es sich im Schulhaus herum, dass man den »Abitur-Adventskranz« gesehen haben musste. Nun kam die Krönung: Ein großer Apfel wurde an einem Perlonfaden in die Mitte des Kranzes gehängt, und der Faden wurde über eine Öse an der Decke hinüber zur Frontwand des Klassenzimmers gespannt. Dort führte der Faden durch eine

weitere Öse hinunter zum oberen Rand der Tafel, und so war das Wunderwerk fertig: Schob man die Tafel hoch, senkte sich der Apfel, und wenn die Tafel herunter gezogen wurde, fuhr der Apfel nach oben.

Nun waren wir gespannt, wie unsere Lehrer reagieren würden. In der ersten Stunde hatten wir Pech: Der Lehrer saß, wie wir es von ihm gewohnt waren, die ganzen 45 Minuten lang am Pult, und es gab beim besten Willen keinen Anlass, die Tafel irgendwann nach oben oder unten zu bewegen. In der zweiten Stunde war ein junger Referendar da, dem der auf- und abfahrende Apfel bald irgendwie unheimlich wurde. Er dachte anscheinend, dass die Berg- und Talfahrt mit seiner Sitzposition zu tun haben könnte, denn nach einigen Minuten wagte er es nicht mehr, von seinem Platz am Pult aufzustehen.

Doch dann kam die dritte Stunde: Bruder Carl, von uns »der Dall« genannt, erteilte den Mathe-Unterricht. Hier war nun endlich ausgiebig Gelegenheit geboten, die Tafel nach Herzenslust hinauf- und hinunter zu schieben, und der Apfel fuhr brav mit, sodass wir unsere helle Freude daran hatten. Doch »der Dall« schien nichts zu bemerken, auch wenn wir uns geradezu darum rissen, einmal an der Tafel etwas vorrechnen zu dürfen, was nun wirklich nicht alltäglich war. Besonders effektvoll war die »Aufzugfahrt« des Apfels, wenn man die voll beschriebene Tafel putzen musste. Die beiden Mitschüler vom Tafeldienst hatten so das große Los gezogen, denn so fleißig, wie sie das grüne Möbelstück bewegten, hatten sie das sonst noch nie getan. »Der Dall« aber ließ sich trotz aller Anstrengung nicht aus der Ruhe bringen; er dozierte seine Formeln und Berechnungen und achtete wie immer darauf, dass »die Buben« auch fleißig mitschrieben.

Kurz vor der Pause, als wir alle schon auf die Glocke warteten und wegen der fehlenden Reaktion unseres »Dall« restlos enttäuscht waren, kam dessen großer Auftritt: Er raffte seinen Talar hoch – damals war es noch selbstverständlich, dass die Herren Brüder im Ordensgewand in den Unterricht kamen – nahm ein Taschenmesser aus der Hosentasche, schnitt den Faden ab und präsentierte uns den Apfel mit den Worten: »Ich hab' sowieso heute nichts zum Essen für die Pause dabei – Dankeschön, dass Ihr mir einen Apfel hergerichtet habt!« Sprach's und mit dem Glockenzeichen verließ er seine verblüfften Abiturienten. Gleich danach spazierte er vergnügt über den Pausenhof und rief uns zu: »Gell, habt Ihr gedacht, Ihr könnt mich drankriegen – da müsst Ihr beim Dall schon früher aufstehen!«

Wirtschaftswundergeschichten

Das Vöhringer Wieland-Werk im Jahr 1960. Foto: Archiv Wieland AG

Arbeitsplätze

Die ersten Jahre nach dem Zweiten Weltkrieg waren echte Notjahre. Später sprachen die Eltern nur von der »schlechten Zeit«. Diese dauerte bis über die Währungsreform 1948 hinaus. Dann begann für viele Familien auf dem Land und damit auch in Illertissen der Eigenheimbau. Mit viel Eigenleistung und unter großen Entbehrungen kamen so auch die Arbeiterfamilien nach und nach zu Wohnungen, die für damalige Verhältnisse als durchaus schön galten, wenngleich sie mit den heutigen Standards nicht zu vergleichen sind. Die Mütter versorgten Kinder und Haushalt, und die Väter hatten alle einen sicheren Arbeitsplatz in der aufstrebenden Industrie oder im Handwerk. Der Lohn stieg langsam mit dem wirtschaftlichen Aufschwung, und es entwickelte sich ein bescheidener Wohlstand. Man begann, vom »Wirtschaftswunder« zu sprechen.

Die Väter meiner in den Fünfziger Jahren geborenen Generation waren entweder in den hiesigen mittelständischen Handwerks- und Industriebetrieben beschäftigt oder sie fuhren mit dem »Arbeiterzug« oder dem Fahrrad nach Vöhringen und Ulm in die dortigen Großbetriebe, um durch damals schwere körperliche Arbeit den Unterhalt für ihre Familien zu verdienen.

Viele waren in Vöhringen »beim Mugge« beschäftigt. Die Firma hieß und heißt heute noch offiziell »Wieland-Werke AG« und gilt seit Jahrzehnten als weltweit führender Hersteller von »Halbzeugen aus Nichteisenmetallen«, also Bändern, Stangen, Rohren, Profilen und Ähnlichem. »Mei Vater schafft beim Mugge« verkündete mancher Bub stolz auf dem Schulhof, denn da gab es guten Lohn, eine sehr gute Betriebskrankenkasse, attraktive Betriebsausflüge und eine alljährliche Weihnachtsfeier für die Kinder der Werksangehörigen. Dafür und für die anschließende »Rentner- und Jubilarfeier« wurde sage und schreibe eine Woche lang das komplette Presswerk stillgelegt, ausgeräumt und mit frisch gezimmerten großen Sitzbänken versehen. Nach Musik und Theater gab es wertvolle Weihnachtsgeschenke für die Kinder, die mit ihren Familien aus der ganzen Umgebung mit Bussen nach Vöhringen gebracht worden waren.

Noch heute ist die Bezeichnung »Mugge« gebräuchlich. Es soll sogar einmal einen Arbeiter gegeben haben, der sich dort bewerben wollte und das Büro des Personalchefs mit einem freundlichen »Grüß Gott, Herr Mugge« betrat. Ob die Bewerbung erfolgreich war, ist heute nicht mehr bekannt. Seinen Ursprung hat der Name von einem langjährigen Kesselhausheizer, der von seinen Dampfkesseln aus den ganzen Betrieb mit Energie versorgte. Er hieß mit Vornamen Nepomuk und daraus wurde im Schwäbischen der »Mugge«. Er musste mit der Dampfpfeife Signal geben, und zwar eine Viertelstunde vor Arbeitsbeginn, zur Pause und zum Schichtwechsel. Erzählt wird, dass es bei den Frauen in Vöhringen üblich gewesen sei, den Ehemann am heimischen Frühstückstisch mit den Worten zu ermahnen: »Ma, gang an d'Arbat, dr Mugge pfeift!«

Viele Arbeiter der Wirtschaftswunderzeit waren auch in Ulm beschäftigt. Nur ein paar Beispiele: Da war die Firma Kässbohrer, die mit ihren »Setra«-Omnibussen weltweite Standards setzte. Dann gab es die Pflugfabrik Eberhardt, in der hervorragende Landmaschinen hergestellt wurden. Und besonders stolz waren die Arbeiter, die »zum Magirus« fuhren. Sie stellten dort die berühmten Feuerwehrfahrzeuge, Drehleitern und Lastkraftwagen her.

Natürlich gab es in der Zeit des Wirtschaftswunders nicht nur in Vöhringen oder Ulm, sondern auch im heimischen Illertissen gute Arbeitsplätze. Da waren die Industriebetriebe wie RUKU, Adolff, Adlus, Mack und Walker, die nach dem Krieg wieder ihre Produktion aufnahmen. Aber auch Neugründungen von Betrieben boten für Illertissen und Umgebung gute Arbeitsplätze. Die »Tepha« (»Fabrik für Technisch-Pharmazeutische Produkte«), später Grünau, dann Cognis und heute BASF, wurde aus dem zerstörten Berlin hierher verlegt.

Bald danach begannen fleißige und kreative Pioniere des industriellen Mittelstandes unter zunächst einfachsten Umständen, ihre inzwischen seit Jahrzehnten bestens renommierten Betriebe aufzubauen und damit weitere wertvolle Arbeitsplätze in Illertissen zu schaffen. Namen von Erfindern und Firmengründern wie Erwin Dimter, Josef Kränzle, Josef Pentz und Erwin Weh – um nur vier besondere Beispiele aus einer längeren Reihe zu nennen – stehen für Qualitätsmarken, die heute über ihre Branchen hinaus Weltruf genießen.

Landwirtschaft

Selbstverständlich war auch die Landwirtschaft ein wichtiger Wirtschaftsfaktor. Anton Kanz berichtet schon in seiner »Chronik von Tüssen« aus dem Jahre 1911, dass es »25 stattliche Bauernhöfe« und ungefähr 50 »Söld-Anwesen« gegeben habe. Eine Sölde war ein kleinerer Bauernhof. Dieser wurde oft im Nebenerwerb zusammen mit einem Handwerk betrieben. Man nannte das »a Sächle«, im Unterschied zum großen, als »Baurasach« bezeichneten Vollerwerbshof.

Die ersten Landmaschinen kamen in Gebrauch; Traktoren lösten die Pferdefuhrwerke ab und die ersten Mähdrescher oder Ladewagen galten als technische Wunderwerke. Trotzdem waren noch viele Arbeiten von Hand zu erledigen. Neben den Landwirtsfamilien waren auch Arbeiter in ihrer schichtfreien Zeit oder Hausfrauen für Hilfstätigkeiten wie Kartoffel- und Rübenhacken oder bei der Ernte beschäftigt, um sich für den Feierabend eine Brotzeit zu verdienen.

Auch mitten in der Stadt gab es noch eine ganze Reihe von Bauernhöfen jeder Größe. Erst im Laufe der Jahre und in Verbindung mit der Flurbereinigung wurden draußen am Stadtrand »Aussiedlerhöfe« gebaut, die inzwischen, soweit sie noch existieren, oft schon wieder von den sich ausbreitenden Wohnsiedlungen eingeholt wurden.

Jeder Hof hatte seinen Hausnamen. Damit ist gemeint, dass von alters her die Leute nicht mit ihren amtlichen Familiennamen, sondern mit dem überlieferten Namen ihres Hauses angesprochen wurden. Den Hausnamen kennzeichnete man mit dem Wort »Beim …« und den offiziellen Namen benannte man mit der For-

Bei der Heuernte im Jahr 1954

mulierung: »Der schreibt sich …« Wenn man also von jemandem sprach, hieß es meistens: »Der isch beim … dahoim, aber der schreibt sich …«

Zwei originelle Hausnamen verdienen eine besondere Erklärung: An der Vöhlinstraße, also der »Steig«, gibt es heute noch das Anwesen »Beim Steckadommale«. Das hat nun weder mit »Stecken« noch mit »dumm« zu tun, wie man zunächst meinen könnte. Chronist Anton Kanz erklärt dazu, dass der Name auf einen Hofinhaber mit dem Vornamen »Thomas« zurückgehe, was schwäbisch als »Thome« oder eben auch »Thomele« ausgesprochen worden sei. Und weil der Hof an der Steig liegt, habe man früher vom »Steig-Thomele« gesprochen, woraus dann der »Steiga-Thomale« und schließlich der »Steckadommale« geworden sei.

Ein weiterer origineller Hausnamen war der »Sterbkreuzschneider«; das Anwesen in der Spitalstraße wurde erst vor wenigen Jahren abgebrochen. Anton Kanz schreibt dazu: »Da trank einmal ein Schneiderlein droben beim herrschaftlichen Biersieder eine ganze Maß von dem starken Lagerbier. Da schien es dem Unvorsichtigen, als ob seine Schuhe mit Blei ausgegossen wären und er fiel langwegs in die Stube hinein. Es war ihm so bitterübel, dass er zu sterben vermeinte und er verlangte nach dem Sterbkreuz. Daher kommt der Name ›Beim Sterbkreuzschneider‹ «.

Freizeit

Freizeitgestaltung war damals fast noch ein Fremdwort. Nach Feierabend im Betrieb hatte man in Haus oder Garten zu tun; mancher Arbeiter war darüber hinaus auch noch als Aushilfskraft in Landwirtschafts- oder Handwerksbetrieben beschäftigt, um für die Familie noch eine Kleinigkeit dazu zu verdienen.

Urlaubsreisen waren für die meisten noch undenkbar, und erst im Laufe der Jahre verdiente man genug, um sich beispielsweise den ersten VW-Käfer oder ähnliche heute als Oldtimer bewunderte Fahrzeuge leisten zu können.

Sofern es die Zeit erlaubte und nicht der Schichtdienst dagegen stand, waren manche Arbeiter auch in Vereinen aktiv. Stadtkapelle, Männergesangverein, Turn-, Schützen- und ähnliche Vereine boten willkommenen Ausgleich. Im Gesangverein wurde oft erzählt, manche Sänger seien »vorsichtshalber« am Mittwochabend schon mit ihrer Tasche, in der sie ihre Brotzeit für die Frühschicht dabei hatten, zur Chorprobe in den damaligen Gasthof »Hirsch« gekommen. Damit waren sie nämlich fertig ausgerüstet, wenn die »Nach-Singstunde« und die damit verbundene Schafkopfrunde bis in den frühen Morgen andauerten. So brauchte man nur noch wenige Meter zum Bahnhof zu gehen, um mit dem ersten Zug nach Ulm zu fahren.

Ein besonderes Ereignis in diesen Jahren war in Illertissen die Stadterhebung mit der Feier der ersten urkundlichen Erwähnung von »Tussa« im Jahre 954. Damals hatte der heilige Bischof Ulrich von Augsburg »*in campo oppidi quod dicitur Tussa*«, also auf dem »befestigten Platz, der Tussa heißt«, den deutschen König Otto I. (später Kaiser Otto der Große) mit seinem aufständischen Sohn, dem Schwabenherzog Liutolf, versöhnt und damit die Grundlage dafür geschaffen, dass das nun wieder vereinigte Reichsheer im Jahr darauf bei der »Schlacht auf dem Lechfeld« das christliche Abendland retten konnte.

So stand das Jahr 1954 ganz im Zeichen der »1000-Jahr-Feier«. Gefeiert wurde mit einer Festwoche, Konzerten, Ausstellungen, Sport-, Musik- und Kinderfest mit Umzügen, Bauerntag, Rundfunksendung mit dem legendären Roider Jackl und anderen beliebten »Stars« und natürlich einem großen Festakt zur Stadterhebung im Bierzelt auf dem Hof der damals neu erbauten Bischof-Ulrich-Schule. Die Generation, die das alles mit erlebt hat, schwärmt noch heute davon. Dass im Trubel die offizielle

Stadt-Urkunde der Bayerischen Staatsregierung verloren ging, wurde erst später öffentlich bekannt und der städtische Amtsleiter musste eigens nach München fahren, und um ein Ersatzdokument bitten. Er sei dort so geschimpft worden, wie noch nie zuvor in seinem Leben, berichtete er von dieser denkwürdigen Dienstreise.

Mit ein Grund für den Verlust des hochamtlichen und künstlerisch gestalteten Dokuments war vermutlich auch die Tatsache, dass es zur »Tausend-Jahr-Feier« erstmals nach der Kriegs- und Notzeit wieder »ein richtiges Bier« gab, wie meine alten Feuerwehrkameraden heute noch erzählen. Zuvor hatte man seit dem Krieg jahrelang nur sogenanntes »Dünnbier« bekommen. So mancher genehmigte sich auch erst anlässlich der »1000-Jahr-Feier« vom immer noch kargen Arbeitslohn die erste Maß Bier nach langer Zeit. Es soll Leute geben, die heute noch von ihrem »kapitalen Rausch« schwärmen, den sie damals »heimtrugen«. Damals war man – heute undenkbar – sogar noch stolz darauf.

links: »Pagen« des Heiligen Ulrich beim Festzug zur »1000-Jahr-Feier« der Stadt Illertissen im Jahr 1954

FEUERWEHR
PEUGEOT
ILL IZ 112

Zeitungsgeschichten

vorhergehende Abbildung:
Presse-Einsatz auf der A 7. Mit einer Ausnahmegenehmigung darf der Journalist auf der Autobahn »mit dem Pkw Halten, Parken und sich als Fußgänger bewegen«. Das Fahrzeug ist dabei mit Warnmarkierung ausgerüstet. Foto: Ralf Zwiebler

Wie alles begann

Am Mittwoch in der Karwoche des Jahres 1978 sprach mich nach der Chorprobe des Männergesangvereins ein älterer Sangesfreund an. Der pensionierte Lehrer war nach Kriegsende aus der Zips, einer deutschen Sprachinsel in der heutigen Slowakei, vertrieben worden. Er habe, so erzählte er mir, ganz überraschend und nach langen Bemühungen zum ersten Mal in seinem Leben ein Visum für einen Besuch in seiner »alten Heimat« bekommen. Er müsse gleich übermorgen dorthin fahren, da die Reisegenehmigung sonst verfallen würde. Nun habe er aber bei der Illertisser Zeitung zugesagt, vom kommenden Osterkonzert der Stadtkapelle einen Bericht zu schreiben. Ob ich das für ihn übernehmen könne? Auf meine überraschte Frage, was ich denn da machen solle, meinte er nur, ich solle am folgenden Vormittag zur Redaktion am Marktplatz gehen, da würde man mir alles erklären. »Du kannst das schon und Du tust mir einen großen Gefallen« ermunterte er mich.

So begab ich mich am nächsten Vormittag ins damalige Zeitungshaus und fragte mich vorsichtig durch. Der Sangesfreund hatte mich schon angemeldet und man erklärte mir, was ich am Abend des Ostersonntags beim Konzert und dann am folgenden Tag beim Schreiben zu tun hätte. Ich ging also zu meinem ersten »Einsatz« als Zeitungsberichterstatter in die TSV-Halle, die damals noch als bewirtschafteter Konzertsaal diente, machte mir Notizen und fotografierte. Manuskript und Schwarz-Weiß-Film brachte ich am Nachmittag des Ostermontags in die Redaktion, und tags darauf stand der erste »*wis*«-Bericht in der Illertisser Zeitung. Das Kürzel hatte der bearbeitende Redakteur ganz ein-

Osterkonzert der Stadtkapelle Illertissen im Jahr 1979

fach aus den Anfangsbuchstaben meines Namens gebildet. Dass Bericht und Bild brauchbar waren, konnte ich wenige Tage später annehmen, als ich einen Anruf aus der Redaktion erhielt: Ob ich am Samstag einen Bericht über das anstehende Chorkonzert in Kettershausen machen könne? Ich sagte zu, fuhr dorthin und bekam vorne in der Gemeindehalle einen Platz bei der Besuchergruppe der Liedertafel Babenhausen zugewiesen. Mir gegenüber am Tisch saß die Chronistin dieses bekannten Chores. Um es kurz zu machen: Zwei Jahre danach haben wir geheiratet.

Vom Bleistift zum Smartphone

Wenn ich heute meinen jungen Kolleginnen und Kollegen in der Redaktion erzähle, dass ich meine ersten Berichte »in der Bleisatzzeit« geschrieben habe, dann staunen sie manchmal so, wie meine Enkelkinder das heute über ihre Dinosaurier-Spielfiguren tun. Wer heute am Bildschirm sitzt, kann sich kaum vorstellen, wie der Zeitungsbetrieb vor vierzig Jahren ablief. Als Berichterstatter brachte man zwar wie heute seine Notizzettel von dem Ereignis heim, sofern man nicht statt des Papiers gleich ein Tablet verwendet. Aber dann tippte man alles in die mechanische Schreibmaschine, die viele heute nur noch aus dem Museum kennen. Seitlich am DIN-A4-Blatt ließ man einen breiten Korrektur-Rand frei. Dann brachte man das Papier in die Redaktion; von Fax oder gar E-Mail war ja noch keine Rede. Der Bearbeiter las den Text durch und nahm mit Bleistift seine Korrekturen oder Kürzungen vor, wobei er allerlei kryptische Zeichen an den Zeilenrand malte, die nur die Schriftsetzer entziffern konnten. Zu diesen brachte er das Papier in die Setzerei im Erdgeschoß.

Dort saßen die Schriftsetzer an ihren »Linotype«-Setzmaschinen. Sie tippten die Texte ab. Nach dem Eintippen eines Buchstabens fiel eine Matrize, also eine Gussform, aus dem Magazin und wenn die Breite des Satzspiegels erreicht war, konnte die Zeile mit einer heißen, flüssigen Legierung aus Blei, Antimon und Zinn ausgegossen werden. Dass die Hitze und die Bleidämpfe aus der Maschine einen gehörigen Durst verursachten, sei nur am Rande erwähnt.

Die silberfarbenen, spiegelverkehrten Zeilen wurden dann von Hand zu Druckstöcken zusammengestellt. Werbeanzeigen und

Ähnliches wurden im »Handsatz« hergestellt, also mit den Lettern aus dem Setzkasten und seinen zahlreichen Fächern.

Wenn die Seiten fertig gesetzt waren, wurden damit »Matern«, also Kartonplatten, gepresst. Diese mussten abends termingerecht auf den Bahnhof gebracht und per Express nach Augsburg geschickt werden, denn bei uns in Illertissen war und ist ja immer noch »nur« die Lokalzeitung zuhause. Die hier hergestellten Seiten bekamen dann wie alle anderen Lokalausgaben und, wie es auch heute noch praktiziert wird, den »Mantel« mit den überregionalen Seiten der Augsburger Allgemeinen. In Augsburg wurde wiederum mit der Bleilegierung aus einer Mater ein Halbzylinder gegossen; zwei halbe Zylinder wurden auf der Rotationsmaschine zu einem ganzen zusammen montiert und zwei Seiten pro Rolle waren druckfertig.

Die Schriftsetzer waren stolz auf ihr Handwerk mit seiner auf die Erfindung durch Meister Johannes Gutenberg ins Jahr 1492 zurückreichenden Tradition. Sie hatten ihre eigene Fachsprache, mit der beispielsweise gewisse Fehler bezeichnet wurden. Da gab es »Hurenkinder« genannte Zeilen, die als letzte Zeile eines Absatzes auf der folgenden Seite allein oben standen und »nicht wussten, wo sie herkommen«. Das Gegenteil war der »Schusterjunge«, also die erste Zeile eines neuen Absatzes, die aber noch allein und »vorwitzig« auf der vorhergehenden Seite stand. Ein »Zwiebelfisch« konnte im Handsatz vorkommen, wenn ein Buchstabe aus einer anderen Schriftart versehentlich in den Fließtext aus einer anderen Type hineingeriet.

Schriftsetzer an der Linotype-Maschine der Illertisser Zeitung um 1970.
Foto: Archiv Hans Hefele

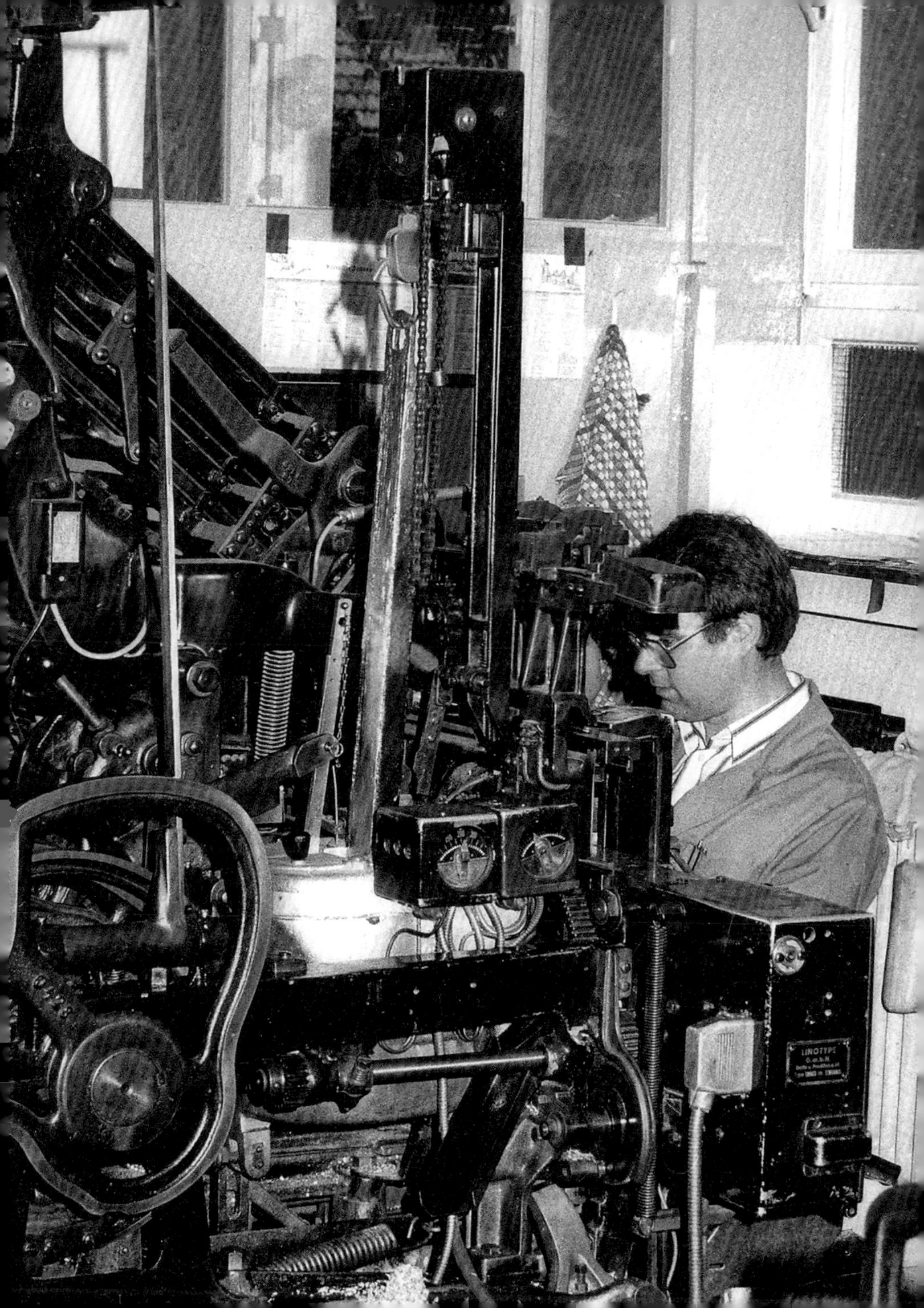
LINOTYPE
G.m.b.H.

Fotografiert wurde mit Schwarz-Weiß-Film, der in der hauseigenen Dunkelkammer entwickelt wurde. Daraus entstand dann schließlich ebenfalls eine gerasterte, fein gepunktete Mater, die für den Druck geeignet war.

Wenn ein Lehrling seine Ausbildung erfolgreich beendet hatte, wurde er »gegautscht«, also in einen Wasserzuber getaucht, und er erhielt im Rahmen einer fröhlichen Feier seinen nach allen Regeln der »schwarzen Kunst« hochwertig gestalteten »Gautschbrief«. Genau fünfhundert Jahre nach der Erfindung der Druckkunst wurde der Bleisatz durch den Fotosatz mit Filmfolien abgelöst. Bald darauf hielt die Computertechnik Einzug, und ein jahrhundertealtes Handwerk begann auszusterben.

Heute ist es Standard, von einem Ereignis mit dem Smartphone ein Foto anzufertigen und sofort an die Redaktion zu senden, die es direkt ins Internet stellt – sofern es nicht die Pietät verbietet, wie das beispielsweise bei Unfällen der Fall ist. Im Prinzip aber kann man eine Minute nach dem Ereignis auf den Fidschi-Inseln sehen, was soeben hierzulande passiert ist.

Vom Konzertsaal ins »Blaulicht-Milieu«

In den ersten Jahren meiner Zeitungstätigkeit wurde ich vor allem im Musikbereich eingesetzt. Der Kornhaussaal, der Löwenbau im Zeughaus, die Pauluskirche, die Donauhalle, das Theater und später auch der Einsteinsaal im »Congress Centrum« waren und sind teilweise heute noch meine »Einsatzorte« in Ulm; in Neu-Ulm kam das Edwin-Scharff-Haus dazu, in Vöhringen das Kulturzentrum und in Illertissen vor allem die zur Festhalle umgebaute ehemalige Kollegsturnhalle, heute als Aula bezeichnet, sowie der Barocksaal im Vöhlinschloss und unsere Stadtpfarrkirche.

Dabei hatte ich das Glück, eine Reihe berühmter Künstler zu erleben. Über Auftritte von Vokal- und Instrumentalsolisten mit Weltruf wie Dietrich Fischer-Dieskau, Hermann Prey oder Maurice André bis hin zu Musikanten wie Hubert von Goisern oder Comedians wie Otto Waalkes durfte ich berichten. Aber auch Konzerte großer Chöre aus aller Welt sowie der bekanntesten Sinfonie- und Blasorchester standen auf meinem Programm, und natürlich kam auch die heimische Laienmusik-»Szene« mit Chören und Musikkapellen nicht zu kurz.

Seit Beginn meiner Tätigkeit lege ich Wert darauf, nicht unbedingt als »Kritiker« aufzutreten, sondern eher die musikalischen Leistungen zu würdigen. Als »Staatlich anerkannter Chorleiter« mit Erfahrungen als Sänger in einer Reihe von Chören sowie je sechs Semestern Stimmbildung und Sprecherziehung, die ich parallel zu meinem Lehramtsstudium absolvierte, traute ich mir anfangs vor allem im Chormusikbereich ein brauchbares Urteil zu. Durch die Vorbereitung auf meine Ansagen beim alljährlichen Osterkonzert und weiteren Auftritten unserer Stadtkapelle seit nun mehr als 35 Jahren und damit verbundenes Literaturstudium sowie dank guter Ratschläge befreundeter Dirigenten lernte ich auch im Blasmusikbereich so viel dazu, dass ich einige Jahre lang als Medienreferent des Allgäu-Schwäbischen Musikbundes aktiv sein konnte und den ASM bei der Bundesvereinigung Deutscher Musikverbände im Fachbereich Öffentlichkeitsarbeit vertreten durfte. Im Rahmen von mehr als dreißig Jahren als Moderator beim Bayerischen Rundfunk bekam ich schöne Einblicke in die bayerische Volksmusik, die mir ebenfalls halfen, über Veranstaltungen in diesem Bereich zu berichten.

Beim Verfassen von Konzertberichten war und ist es mir immer wichtig, zwischen Laien und Profis zu unterscheiden. Geärgert habe ich mich nur manchmal, wenn deutlich wurde, dass Berufskünstler meinten, sie könnten durch einen lieblos hingelegten Auftritt »in der Provinz« mal schnelles Geld verdienen. Dagegen muss man bei Laien anerkennen, dass sie die Musik als Freizeitbeschäftigung betreiben und nicht bei jedem Probenabend nach einem anstrengenden Arbeitstag in der Stimmung sind, sich auch noch auf Höchstleistung trimmen zu lassen. Wenn dann trotzdem gute Ergebnisse präsentiert werden, ist das um so anerkennenswerter.

Natürlich gab es am Rande von Musikaufführungen auch allerlei originelle Erlebnisse. Ein Beispiel: Im Ulmer Theater hatte einmal der Regisseur die Idee, in Mozarts »Zauberflöte« den Papageno mit einem Fahrrad auftreten zu lassen. Welche Intention der künstlerische Leiter damit verfolgte, blieb sein Geheimnis und war mir sowie den Kollegen der anderen Zeitungen auch im Prinzip egal. Was daran störte, war nur, dass der arme Papageno-Darsteller zu seiner Arie »Der Vogelfänger bin ich ja« auf einem fürchterlich quietschenden Stahlross über die Bühne fahren musste, sodass seine wirklich schöne Singstimme fast übertönt wurde. Ich erlaubte mir im Premierenbericht die Randbemerkung, dass man das verrostete Veloziped vielleicht doch für die folgenden Aufführungen mit ein paar Tropfen Öl gangbar machen könnte. Wenige Tage später war nach einem anderen Konzert ein kleiner Empfang beim damaligen Generalmusikdirektor, zu dem auch der Papageno-Darsteller geladen war. Er kam gleich auf mich zu und bedankte sich: Schon bei den Proben habe er den Requisitenmeister gebeten, das Fahrrad zu schmieren, aber der Regisseur habe das nicht zulassen wollen. Nach Erscheinen meiner Kritik sei dann aber sofort die Anweisung gekommen, das Quietschen mithilfe von Öl zu beseitigen, und dafür wolle er sich herzlich bedanken.

Im Laufe der Zeit, vor allem in den vergangenen zehn Jahren, wurden meine Musikberichte immer weniger. Dafür habe ich nun wesentlich öfter im »Blaulicht-Milieu« – also bei Feuerwehr- und Polizeieinsätzen – zu tun, wo neben Objektivität und sachlicher Korrektheit insbesondere Rücksicht auf alle Beteiligten und Diskretion gefragt sind. Hierbei lege ich großen Wert auf gute Zusammenarbeit mit den Einsatzleitern, denn nur so kann ein ordentlicher Bericht zustande kommen.

Vor Gericht

»Vor Gericht und auf hoher See ist man in Gottes Hand« – diese Redensart ist im Grunde nicht gerade von hoher Wertschätzung der Justiz geprägt und dürfte vor allem bei Leuten verbreitet sein, die wenig mit einem Gericht zu tun haben. Als Gerichtsberichterstatter erlebe ich jedoch oft, dass sich alle Parteien – Richter, Anklagevertreter, Verteidiger und Sachverständige – ehrliche Mühe geben, zu einem gerechten Urteil zu kommen. Ob das immer hundertprozentig gelingt, liegt auch daran, welche Bereitschaft die Angeklagten mitbringen, den Fall aufklären zu helfen. Dabei sind für mich die besten Verteidiger die, die ihren Mandanten beibringen: »Wenn Du etwas verbockt hast, dann gib es zu, damit ich für Dich möglichst viel heraus holen kann. Versuche nicht, mich und das Gericht zu belügen – wenn man Dir dahinter kommt, wirkt sich das nicht gut aus!« Ich habe auch noch nie erlebt, dass Verteidiger und Ankläger aufeinander losgehen wie in manchem schlechten Film. Vielmehr kommen korrekte Urteile, die von allen Seiten akzeptiert werden, besonders dann zustande, wenn beide Seiten nicht als Gegner, sondern als Partner auftreten, die durch objektive Bewertung der Aussagen und Sachverhalte zu einem guten Verfahrensgang beitragen.

Ein paar Erlebnisse bleiben mir in Erinnerung: In einem langwierigen Landgerichtsverfahren ging es um den Diebstahl einer ganzen Reihe von Luxusautos aus einem großen Lagerplatz in einem ausgedehnten Waldgebiet in unserem Landkreis. Eine Spezialeinheit der Polizei für »Organisierte Kriminalität« hatte monatelang ermittelt, und im Verfahren wurden die Ergebnisse präsentiert. Bald kam der Verteidiger dahinter, dass dabei etwas nicht stimmen konnte. Die Stelle, wo die Täter die Umzäunung des Lagers laut den Spezialisten durchbrochen haben sollten, war wegen eines davor liegenden Grabens schlicht unpassierbar für die Luxuskarossen. So sah der Verteidiger schon die Anklage in sich zusammenbrechen, als die Vorsitzende Richterin die ersten Ermittlungsakten unserer einheimischen Landespolizei zu Rate zog. Diese hatte ein Beamter verfasst, der das Waldstück als Pilzsammler bestens kannte. Er hatte die Ausbruchstelle genau beschrieben, vermessen und fotografiert, aber: Diese lag am anderen Ende des Lagers, also diagonal gegenüber der Stelle, die danach von den Spezialisten ausgemacht worden war, ohne dass sie sich um die Ergebnisse des einfachen Polizisten vom Land gekümmert hatten.

Nun kam ein Zeuge aus Polen dazu, der über den Verbleib der gestohlenen Autos Auskunft geben sollte. Er reiste tausend Kilometer weit an, nur um auszusagen, dass er von den Angeklagten »nur Unfallwagen, aber nix neue Autos« gekauft habe. So wurde er wieder in seine Heimat entlassen. Was mich wunderte: Er trug eine Jacke, auf deren Rücken groß das Markenzeichen der gestohlenen Fahrzeuge prangte. So erlaubte ich mir, das in meinem Bericht zu erwähnen.

Beim folgenden Termin trat der Verteidiger auf: Man habe vermutlich den polnischen Zeugen zu früh entlassen, denn ein gewisser Wilhelm Schmid habe in der Illertisser Zeitung angedeutet, dass der polnische Zeuge wohl mit der Marke des Diebesgutes mehr zu tun habe, als dem Gericht bekannt sei. Er beantragte, den heutigen Termin zu vertagen und diesen Zeitungsreporter als Zeugen zu laden. Vielleicht wisse der ja mehr zur Sache. Die Vorsitzende Richterin lächelte nur freundlich in Richtung Verteidiger und meinte, vertagen müsse man da nichts. Sie fragte mich, ob ich aussagen wolle und so kam ich zum ersten Mal in meinem

Leben als Zeuge vor Gericht. Zur Entlastung der Angeklagten konnte ich aber nichts beitragen.

Ein anderes Mal war ein Teppichhändler angeklagt. Er habe, so der Vorwurf, bei einer Hausfrau einen Teppich zur Reinigung abgeholt und diesen mehr beschädigt als gereinigt zurückgebracht und dafür auch noch einen Wucherpreis verlangt. Der Verteidiger trat im Namen seines Mandanten auf, räumte sofort alles ein und ließ den Angeklagten den strittigen Geldbetrag gleich im Gerichtssaal in bar an die Hausfrau zurückzahlen. Damit konnte das Verfahren im allseitigen Einverständnis gegen Zahlung einer Geldbuße eingestellt werden.

Nach der Verhandlung sprach ich den Verteidiger draußen vor dem Saal an, weil er mir irgendwie bekannt vor kam. Es stellte sich heraus, dass er bei einem großen Mordprozess, der bundesweit Aufsehen erregt hatte, den ursprünglichen Angeklagten im Rahmen eines Wiederaufnahmeverfahrens frei bekommen und dessen Unschuld nachgewiesen hatte. Warum aber kam so ein Staranwalt eigens aus einer Großstadt, um hier auf dem Land einen kleinen Teppichhändler zu verteidigen? Er mache das bundesweit; die Teppichhändler seien alle gut miteinander vernetzt, antwortete er mir. Dann ging er hinaus auf die Straße; ein Chauffeur wartete mit einer Nobelkarosse und gemeinsam mit dem nun ehemaligen Angeklagten fuhr er davon.

Generalprobe »con fuoco«

Beim Verfassen von Konzertberichten ist natürlich zu beachten, welche Vortragsweise der Komponist empfiehlt und ob der Dirigent mit seinem Chor oder Orchester diese einigermaßen passend interpretiert. Die guten Ratschläge stehen meist zu Beginn des Musikstückes über der ersten Notenzeile und sind traditionsgemäß in italienischer Sprache gehalten. Vielfach bekannt sind Begriffe wie »Adagio« für langsam oder »Allegro« für schnell, aber es gibt noch einen ganzen Katalog weiterer Bezeichnungen. So bedeutet der Begriff »con fuoco« wörtlich übersetzt »mit Feuer«, und gemeint ist damit, dass das Stück temperamentvoll vorgetragen werden solle.

Das Kammerorchester unserer Stadtpfarrei hat sich seit fünfzehn Jahren zu einem respektablen Sinfonieorchester entwickelt, und zur Feier dieses »halbrunden« Jubiläums bot im Sommer 2019 die alljährliche »Serenade im Brunnenhof« den geeigneten Anlass. Wegen ungünstiger Wetterprognosen hatte man sich schon Tage zuvor entschlossen, das Konzert am Sonntagabend in die Kollegs-Festhalle zu verlegen, und so fand dort am Samstagvormittag auch die Generalprobe statt. Unser Kirchenmusiker probte das Programm, feilte noch an Details und gab passende Tipps, wie das Konzert wieder einmal zum Erfolg werden könne.

Doch plötzlich mischten sich schaurige Töne unter den Wohlklang der Streicher und Bläser: Die hausinterne Brandmeldeanlage hatte Alarm ausgelöst. Natürlich unterbrach man die Probe sofort, und als man dazu gar noch Rauch riechen konnte, wusste man gleich, dass es kein Fehlalarm war. Der Dirigent gab die Anweisung, dass sich alle ins Freie begeben sollten und der Schüler, der die Licht- und Tonanlage bediente – er ist aktiver Feuerwehrmann – reagierte sofort richtig. Per Notruf 112 wurde die »Integrierte Leitstelle Donau-Iller« verständigt und diese löste Alarm für die Feuerwehr Illertissen sowie für Rettungsdienst und Polizei aus. Das Einsatzstichwort lautete: »Unklare Rauchentwicklung im Gymnasium Kolleg der Schulbrüder, Dietenheimer Straße 70, mit mehreren Personen im Gebäude!« Gefährdete Menschen in einem verrauchten Haus – das war natürlich das Zeichen zum schnellstmöglichen Ausrücken für einen kompletten Löschzug. Inzwischen hatte der Orchestervorstand mit einem weiteren Anruf die Lage bestätigt; auch bei der ersten Meldung war bereits die Bühne der Festhalle als Einsatzstelle genau angegeben worden. Die schnell eintreffenden Einsatzkräfte wurden eingewiesen; bald füllte sich der Hof mit Blaulichtern und weitere Fahrzeuge wurden abseits in Bereitstellung gehalten. Der Feuerwehr-Einsatzleiter bekam gleich die beruhigende Meldung, dass alle Personen die Halle verlassen hatten und dem Notarzt wurde mitgeteilt, dass niemand verletzt sei.

Die Musikerinnen und Musiker standen im Schatten entlang des Gebäudes; die meisten hatten ihre Instrumente mit hinaus genommen. Schon gingen die ersten Trupps der Feuerwehr unter Atemschutz ins Gebäude vor, und bald stellten sie fest, dass ein Schmorbrand in einem Schaltpult im Bühnenkeller die Ursache der ganzen Aufregung war. Das »Corpus delicti« wurde stillgelegt, und mit einem Hochdrucklüfter wurde der Rauch aus der Halle geblasen.

Während die Halle auf weitere Glutnester überprüft wurde, entschloss sich der Dirigent, die Wartezeit bis zum Einsatzende zu überbrücken, indem er die Generalprobe als »Open Air«-Veranstaltung im schattigen Parkgelände hinter der Halle fortsetzte.

Von der Drehleiter aus wird das Hallendach mit der Wärmebildkamera auf mögliche Glutnester untersucht, weil dort leichter Rauch austrat

Man holte die restlichen Instrumente und sonstigen Utensilien von der Bühne und so hob draußen bald wieder ein munteres Musizieren an. Man machte dort weiter, wo man wegen des Alarms unterbrochen hatte: Auf den Notenpulten lag Antonin Dvořaks 9. Sinfonie in e-moll, Opus 95, »Aus der Neuen Welt«, und daraus der vierte Satz: »Allegro con fuoco«.

Nun bekam der Dirigent natürlich zu hören, dass er das mit dem »con fuoco«, also »mit Feuer«, nicht unbedingt so wörtlich hätte nehmen müssen. Zuvor hatte man ihn schon gefragt, ob er womöglich anstelle der »Feuerwerksmusik« eine »Feuerwehrmusik« oder gar den »Illertisser Feuerwehrmarsch« aufgelegt habe.

Orchesterprobe im Freien während des Feuerwehreinsatzes

Weitere »gescheite« Bemerkungen richteten sich an die Musikerinnen und Musiker dahingehend, dass sie vorhin bei den Sondersignalen der Einsatzfahrzeuge wenigstens mal wieder eine Menge schöner Quart-Intervalle (zwischen den beiden Tönen »Ta-Tü« sind es genau vier Töne Abstand, also eine Quart) zu hören bekommen hätten.

Aber nach dem Wochenende konnte ich meinen Zeitungsbericht mit der alten Bühnenweisheit eröffnen, dass auf eine »verhagelte« Generalprobe eine hervorragende Aufführung folgte.

Fotografengeschichten

Bodyguards und Bayernhymne

Krönender Abschluss des »Deutschen Musikfestes« im Mai 2007 in Würzburg waren der Gemeinschaftschor mit mehr als siebentausend Musikerinnen und Musikern auf dem Residenzplatz und der anschließende Festzug. Als bedeutendster Ehrengast war Bundespräsident Horst Köhler angesagt. Eine Blasmusik-Fachzeitschrift hatte mich mit der Berichterstattung beauftragt. Mitten auf dem Platz, unweit des Frankonia-Brunnens, war für die Pressefotografen und Kameraleute des Fernsehens eine Tribüne aufgebaut. Am Nordende des Platzes, vor dem Staatlichen Hofkeller, stand die Ehrentribüne.

Nachdem wir Medienvertreter uns beim zuständigen Herrn des Bundeskriminalamtes angemeldet hatten und nach sorgfältiger Prüfung von Ausweis und Ausrüstung die Pressetribüne betreten durften, stellten wir schnell fest, dass unser Platz sehr weit von der Ehrentribüne entfernt war, und so wollten wir dorthin gehen. Doch da hielt uns einer der BKA-Beamten zurück: Wir dürften die Presseplätze bis zum Ende der Veranstaltung nicht mehr verlassen, erklärte er uns; das sei aus Sicherheitsgründen nicht möglich. Man habe doch so eine schöne Tribüne für uns gebaut, und von da aus müssten wir nun eben arbeiten.

Während ich schon befürchtete, mangels eines extrem langen Teleobjektivs keine ordentlichen Fotos vom Bundespräsidenten zu bekommen, reagierten die Profis vom Fernsehen und den Nachrichtenagenturen ganz cool: Dann gebe es eben keine Bilder, erklärten sie, und die Kameraassistenten des Fernsehens begannen,

Bundespräsident Horst Köhler mit Ehefrau Eva und Bodyguard

ihre Kabel wieder aufzurollen. Sie sollten einen Moment warten, antwortete der Herr vom BKA. Er ging die Treppe hinunter und fragte offensichtlich per Funk bei seinem Vorgesetzten nach, was zu tun sei. Dann kam er freundlich lächelnd wieder herauf und sagte uns, er habe dafür gesorgt, dass der Herr Bundespräsident beim Einzug direkt an unserem Podium vorbei gehen werde, und wenn er dann auf der Ehrentribüne Platz genommen habe, dürften wir durch den abgesperrten Mittelgang vorgehen und die dort versammelte Prominenz aus der Nähe fotografieren. Aber nach dem dritten Musikstück, vor der Bayernhymne, müssten wir wieder zurückkommen, denn danach werde sich der Herr Bundespräsident verabschieden und dabei dürfe sich niemand im gesperrten Bereich aufhalten.

So kam der prominente Gast auf den Platz und wurde tatsächlich auf einem Umweg am Fotografenpodium vorbei zur Tribüne gelotst. Wir fotografierten wie die Weltmeister, rannten dann vor und während des dritten Musikstücks aus mehr als 7000 Instrumenten traten wir den Rückzug an. Die originellste Szene bekamen wir dadurch leider nicht mehr mit: Unmittelbar nach der Bayernhymne verließen Bundespräsident Horst Köhler und seine Ehefrau Eva die Ehrenplätze und begaben sich zur beim Staatlichen Hofkeller wartenden Wagenkolonne.

Ministerpräsident Edmund Stoiber hatte das Paar bis zur Wagentüre begleitet; die Kolonne setzte sich in Bewegung und fuhr durch das barocke Tor am Rennweg aus dem Platz hinaus. Augenzeugen berichten, dass der Bayerische Ministerpräsident noch lange winkend dagestanden sei und erst wieder auf die Tribüne gegangen sei, als die Straße längst leer war.

»Instrumente hoch!« zum Musikantengruß, Würzburg 2007

Musikverein

»Noch fünf Sekunden – und zurück!«

Zum Gedenken an den 100. Geburtstag von Claus Graf Schenk von Stauffenberg, der am 20. Juli 1944 Deutschland von der Diktatur befreien wollte, fand am 14. November 2007 an seinem Geburtsort, Schloss Jettingen im Landkreis Günzburg, ein Festakt mit Großem Zapfenstreich statt. Hierzu waren das Wachbataillon aus Berlin sowie das Musikkorps der Bundeswehr – also das Konzertorchester aus Siegburg – gekommen, um das höchste militärische Zeremoniell im Hof des Schlosses vor dreihundert Ehrengästen und zahlreichem Publikum durchzuführen.

Die prominentesten Beobachter waren Bundesverteidigungsminister Franz Josef Jung, Bayerns damals neuer Ministerpräsident Günther Beckstein und Generalinspekteur Wolfgang Schneiderhan als ranghöchster Soldat der Bundeswehr. Eine Hamburger Fotoagentur hatte mich beauftragt, eine Bilderserie anzufertigen.

Bundeswehr und Gemeinde hatten alles bis ins Detail vorbereitet und so versammelten sich Fotografen und Kameraleute lange vor Beginn im eigens dafür eingerichteten Zelt. Dort eröffnete uns ein Oberstleutnant, der als Presseoffizier zu unserer Betreuung abgeordnet war, dass das Zeremoniell im Schlosshof »wegen der Romantik« ausschließlich von Fackeln beleuchtet werde und dass weder Scheinwerfer noch Blitzlicht verwendet werden dürften.

»Da können wir gleich wieder einpacken« war unsere einmütige Reaktion, denn der Beginn war für 20.30 Uhr vorgesehen, und um diese Zeit herrscht Mitte November bereits tiefe Dunkelheit. Selbst die Profi-Kollegen hatten damals noch keine solch lichtstarken Kameras, die ordentliche Bilder hätten erwarten lassen. Der Oberstleutnant überlegte kurz und bat uns dann um zehn Minu-

Ehrengäste beim Großen Zapfenstreich, Schloss Jettingen, 2007: Von links: Bürgermeister Hans Reichhart, Generalinspekteur Wolfgang Schneiderhan, Bundesverteidigungsminister Franz Josef Jung, Ministerpräsident Günther Beckstein, Generalmajor Markus Bentler

ten Geduld. Er werde mit dem Kommandeur des Wachbataillons beraten, wie man das Problem lösen könne. Pünktlich kam er zurück. Der Kommandierende habe ihm Folgendes angeboten: Er werde nach dem Einmarsch der Formation und der Meldung an den Bundesverteidigungsminister mit dem anschließenden Kommando zur Serenade, also den folgenden Musikvorträgen, genau neunzig Sekunden warten. In dieser Zeit hätten wir die Gelegenheit, von unseren Plätzen an der Stirnseite des Platzes in dessen Mitte hinein zu laufen und von dort aus das Podium und die Tribüne mit den Ehrengästen zu fotografieren. Wir warteten

Musikkorps der Bundeswehr, Leitung Oberstleutnant Walter Ratzek

also im dichter werdenden Schneetreiben an den uns zugewiesenen Plätzen und konnten von dort aus den Einmarsch von Spielmannszug, Musikkorps und Wachbataillon verfolgen.

Es war ein äußerst eindrucksvolles Bild, das nur von den Fackelträgern beleuchtet wurde, aber ordentliches Fotografieren war sowohl wegen der Dunkelheit als auch wegen der Schneeflocken kaum möglich. Der Presseoffizier stand bei uns und nach dem Antreten, den einleitenden Kommandos und der Meldung an den Minister gab er zum vereinbarten Zeitpunkt die Anweisung: »Fotografen – vor!« Wir rannten über den schneebedeckten Hof nach vorne – zum Glück rutschte keiner auf dem Matsch aus – und das Blitzlichtgewitter in Richtung Prominenz begann. Gleich nach den ersten Klicks drehte ich mich um und richtete die Kamera auch auf die gegenüber angetretene Ehrenformation mit dem Musikkorps in der Mitte davor. Wie sich später heraus stellte, war ich der einzige aus der Gruppe, der diese Idee hatte.

Die Herren Ehrengäste auf dem Podium unterdrückten ihr Staunen über die überraschende Unterbrechung der Feierstunde und bewahrten natürlich einwandfreie Haltung. Das Ganze lief in Windeseile ab, denn bald hörten wir leise, aber deutlich, das Kommando unseres Presseoffiziers: »Noch zehn Sekunden – noch fünf Sekunden – und zurück!«

Erst jetzt bemerkte ich, dass der Herr Oberstleutnant von vier Feldjägern mit umgehängter Maschinenpistole begleitet war. Ich habe beim »sofortigen Rückzug« vermutlich eine neue persönliche 50-Meter-Bestzeit aufgestellt, aber meine Bilder von der Ehrenformation und dem Musikkorps sind echte Raritäten geblieben.

Und bei der Bundeswehr ist man lernfähig: Seither wird bei jedem Großen Zapfenstreich vor dem Kommando zur Serenade den Pressefotografen Gelegenheit gegeben, in den Platz hinein zu laufen und dort zu fotografieren.

Roter Hahn und Raute

Seit vielen Jahren findet in regelmäßigen Abständen die »Weltleitmesse für Feuerwehr, Rettungswesen, Bevölkerungsschutz und Sicherheit« statt. Sie ist bekannt unter dem Namen »Interschutz – Der Rote Hahn«. Oft wird sie verbunden mit dem Deutschen Feuerwehrtag, also der zentralen Versammlung aller Feuerwehren in Deutschland, die seit 1970 alle 10 Jahre stattfindet und vom Deutschen Feuerwehrverband ausgerichtet wird.

Im Juni 2010 hatte ich die Gelegenheit, an den beiden Veranstaltungen auf dem Gelände der Leipziger Messe teilzunehmen. Mit einem Team der Augsburger Mediengruppe Pressedruck war ich damit beschäftigt, jeden Tag eine Messezeitung heraus zu geben, die am folgenden Morgen allen Besuchern beim Eintritt ausgehändigt wurde. Es war eine hoch interessante, aber auch anstrengende Woche, in deren Verlauf ich viele Fachleute und den neuesten Stand der Fahrzeuge und Ausrüstungen für die Feuerwehr kennenlernen konnte. Wir berichteten in Text, Foto und Video und erstellten somit eine »crossmediale« Messezeitung.

Natürlich gehörte auch die Berichterstattung über den Deutschen Feuerwehrtag im Congress Center auf dem Messegelände dazu. Für die Delegiertenversammlung war der Besuch von Bundeskanzlerin Angela Merkel angekündigt. So besorgten wir uns natürlich eine Akkreditierung und waren am Veranstaltungstag frühzeitig vor Beginn an der Halle, wo wir von Sicherheitsbeamten empfangen wurden. Personen und Ausrüstung wurden »gebrieft« – ich weiß bis heute nicht, ob die sächsisch sprechenden Herren damit »geprüft« oder das in der Fliegersprache als »Briefing« bezeichnete Einweisen vor dem Einsatz meinten. Jedenfalls bekamen wir unsere Armbänder und die Ausrüstung ihre Aufkleber, sodass wir das Eintreffen der prominenten Rednerin in der Halle erwarteten. Als Messezeitungs-Redaktion wollten wir natürlich schon vor der Veranstaltung ein »Statement« der Regierungschefin einholen, nur hätten wir dazu gerne gewusst, wo wir den hohen Besuch erwarten sollten. Fragen an die Herren des BKA waren zwecklos, aber was tut man in solch einem Fall: Als alter Lehrer wusste ich, dass der wichtigste Mann in allen Lagen – der Hausmeister ist.

Mehrere davon hatten wir schon in den Tagen zuvor kennengelernt und so suchten und fanden wir einen, der uns verriet, dass wir zu unserem Zweck nicht an den Haupteingang der Halle gehen sollten. Die Frau Bundeskanzlerin werde nach ihrer Landung mit dem Hubschrauber auf dem Außengelände zunächst noch kurz die dortigen Vorführungen der Feuerwehrjugend besuchen und nach dieser Überraschung für die jungen Leute werde sie von dort her über einen bestimmten Seiteneingang in die Halle gehen. Wir warteten, bis sich die große Masse der Presseleute vor das Hauptportal begeben hatte und gingen dann möglichst unauffällig in Richtung Seiteneingang, um nicht die ganze Meute hinter uns her zu ziehen.

Dort waren einige »unauffällige« Herren im dunklen Anzug mit Funk-Knopf im Ohr und vermutlich Neun-Millimeter-Kanone unter dem Sakko postiert, denen wir zunächst nicht ganz geheuer vorkamen. Aber wir konnten ja nachweisen, dass wir schon »gebrieft« waren. So unterhielten wir uns mit ihnen recht gut, nachdem wir ihnen erklärt hatten, was wir wollten. Dafür bekamen wir von den Sicherheitsleuten sogar noch Tipps, wo sie bei Ankunft der Gäste ein rotes Seil aufspannen wollten und wo wir uns platzieren sollten.

Bundeskanzlerin Angela Merkel, Leipzig 2010

Es dauerte nicht mehr lange, die Außentüren gingen auf und die Kanzlerin betrat die Halle in Begleitung des sächsischen Ministerpräsidenten Stanislaw Tillich und des Leipziger Oberbürgermeisters Burkhard Jung sowie natürlich wieder eines Schwarms »unauffälliger« Herren im dunklen Anzug. Bis die am Haupteingang wartenden Pressekollegen bemerkt hatten, dass sie an der falschen Türe standen, hatten wir schon unsere Mikrofone, Video- und Fotokameras auf Frau Merkel gerichtet, und weil wir die einzigen waren, die hier ein Statement haben wollten, nahm sie sich auch schön Zeit dafür.

Was mir damals noch gar nicht so bewusst war: Die Bundeskanzlerin formte beim Interview mit ihren Händen eine wunderschöne Raute und die Bilder davon sind heute noch eine originelle Erinnerung an den prominenten Besuch beim »Roten Hahn«.

Fußballgeschichten

verein Illertissen
b weiss/blau
gs
tadt - unser Verein
große Liebe!
ILLERTISSEN
INTERNATIONAL
TRADITION SEIT 1921
V F I
1921
e.V.

Vom Kinderspiel zum DFB-Pokal

Seit nahezu hundert Jahren bietet der Fußballverein Illertissen 1921 e. V. Gelegenheit zur Freizeitgestaltung, sei es für jugendliche und aktive Spieler oder auch für Zuschauer. Aus den Jahren vor dem Zweiten Weltkrieg liegen wenige Informationen vor, aber in den Jahren danach begann ein aktiver Spielbetrieb, dessen Qualität sich immer weiter aufwärts entwickelte. Ursprünglich war Fußball buchstäblich ein Volkssport, denn wenn sich in den 1950er und 60er Jahren eine Gruppe von Kindern und Jugendlichen zum Spielen traf, dann gab es immer irgendwo eine Wiese und ein Ball war auch stets zu finden, wenn es auch nicht immer gleich ein Lederball war.

Doch auch die besten Fußbälle der damaligen Zeit kamen aus Illertissen: Die legendäre »Iller-Bombe« aus der Sportartikelfabrik Kriener an der Ulrichstraße war berühmt und sogar mehrfach bei Weltmeisterschaften eingesetzt. Ein Paar alte Schuhe hatte man auch, und so war »Kicken« die bevorzugte Freizeitbeschäftigung.

Bis 1952 spielte der Verein auf den Sportplätzen des Kollegs der Schulbrüder, denn dort standen für die zahlreichen Internatsschüler gleich mehrere Plätze zur Verfügung. Das Gelände westlich der heutigen Rudolf-Kurz-Straße, zwischen der Dietenheimer Straße und dem Mühlbach – heute liegen dort die Karlsbader, Komotauer, Reichenberger und Troppauer Straße – war schon mit »richtigen« Toren bestückt, während man auf den Wiesen und

FVI-Fanblock im Ulmer Donaustadion beim DFB-Pokalspiel gegen den SV Werder Bremen am 17. August 2014

Plätzen im Stadtgebiet und drumherum die »Pfosten« einfach mit abgelegten Kleidungsstücken markierte.

Der FV Illertissen war wie alle Vereine im Umkreis beim Württembergischen Fußballverband im Spielbetrieb aktiv. Im Jahr 1952 wurde eine ehemalige Kiesgrube an der Ulmer Straße als Fußballplatz dort eingerichtet, wo heute der Städtische Bauhof und Verbrauchermärkte stehen. Als 1977 das Sportzentrum bei den Schulen neben der Dietenheimer Straße, an der Gottfried-Hart-Straße, gebaut wurde, hat man auch die Plätze und Gebäude errichtet, die heute als »Vöhlinstadion« bekannt sind.

Noch zur Zeit des Fußballplatzes an der Ulmer Straße errang der FVI anno 1963 seinen bis dahin größten sportlichen Erfolg mit dem Gewinn des Württembergischen Verbandspokals und dem damit verbundenen Einzug in die erste DFB-Pokal-Hauptrunde.

Wesentlichen Anteil an der Aufwärtsentwicklung des FVI hatte und hat der frühere Torhüter, heutige Sponsor und Ehrenbürger Josef Kränzle. Er stand nicht nur beim 1963er-Pokalsieg im Tor des FVI, sondern er war auch der Erste, der schon 1962 eine Idee von Anni Kriener in der Praxis ausprobierte: Die Inhaberin der schon erwähnten Sportartikelfabrik ließ Lederhandschuhe mit Noppenbelägen von Tischtennisschlägern überziehen; Josef Kränzle befand das für gut, machte noch Verbesserungsvorschläge, und der Torwarthandschuh war erfunden. Erst Jahre später setzten andere die Idee in kaufmännischen Erfolg um.

Als im Jahre 2012 der Bayerische Fußballverband die neue Regionalliga Bayern einrichtete, wurde der FVI dazu eingeladen, nachdem er die sportlichen und baulichen Kriterien erfüllt hatte sowie – wiederum dank Josef Kränzle – die finanzielle Basis bieten konnte.

Tor für den FVI! Beim DFB-Pokalspiel 2014 muss sich Werder-Torhüter Raphael Wolf in der 102. Minute geschlagen geben

Die ersten beiden Spielzeiten verliefen gleich sehr erfolgreich: Zweimal hintereinander wurde der FVI »Bayerischer Amateurmeister« und erhielt damit wiederum die Teilnahmeberechtigung für die erste DFB-Pokal-Hauptrunde. Es waren packende Spiele gegen hochkarätige Bundesligavereine: Am 4. August 2013 lieferte man der Eintracht Frankfurt ein heiß umkämpftes Spiel, das die Profis aus Hessen nur mit Mühe 2:0 gewannen. Das Spiel fand in Augsburg statt, nachdem die hiesigen Platzverhältnisse den Anforderungen des DFB nicht genügten und das nächst gelegene Bundesligastadion in Ulm nicht zur Verfügung stand.

Das dortige Donaustadion war dann aber ein Jahr später, am 17. August 2014, Austragungsort des nächsten Pokal-Hauptrundenspiels; diesmal gegen den SV Werder Bremen. Es verlief hoch dramatisch: Vor mehr als zehntausend Zuschauern kassierte der

FVI gleich in der vierten Spielminute einen Elfmeter, von dem nicht nur die einheimischen Fans bis heute nicht wissen, weshalb dieser gepfiffen worden war. Nach dem Ausgleich in der 24. Minute hielten die Illertisser das 1:1 bis zum Abpfiff der regulären Spielzeit durch, wobei kurz zuvor »um ein Haar« der Siegtreffer gelungen wäre. So kam es zur Verlängerung: Bremen ging durch Treffer in der 93. und 99. Minute mit 3:1 in Führung, aber in der 102. Minute fiel der Anschlusstreffer zum 3:2.

Danach »zitterte sich der Bundesligist gegen tapfer kämpfende Gäste in die 2. Runde« berichtete ein großer Sport-Fernsehsender und selbst der Bremer »Weserkurier« sprach von einem »mühsamen Sieg«. Werder-Trainer Robin Dutt nahm darauf in der anschließenden Pressekonferenz Bezug, nachdem Bremen zuvor drei Jahre hintereinander in der ersten Pokalrunde gegen Amateurvereine ausgeschieden war: »Wir haben die Sensation geschafft und sind eine Runde weiter« kommentierte er. Seither belegt der FVI nahezu durchgehend mittlere Tabellenplätze in der Regionalliga Bayern und es bleibt nur zu wünschen, dass diese auch in der Zukunft gehalten werden können.

In den vergangenen Jahren habe ich einige Glossen in unserer heimischen Mundart für die Illertisser Zeitung verfasst, wofür mir ein Redakteur – abgeleitet von meinem Kürzel »*wis*« – das Pseudonym »Wiesele« gegeben hat. Diese sollen im Folgenden ein wenig über die genannten Spiele und das Geschehen am Rande des Vöhlinstadions erzählen.

Tissa vor – no a Tor!

Die erste Saison in der Regionalliga Bayern – 2012/2013 – verlief für den FV Illertissen äußerst erfolgreich. Vom zweiten bis zum zehnten Spieltag war man Tabellenführer und lag jeweils fünf Punkte vor den U23-Mannschaften des FC Bayern München und des 1. FC Nürnberg. Da erschien ein Leserbrief in unserer Illertisser Zeitung: Es sei doch zwecklos, wenn der FVI so erfolgreich sei, da man aufgrund der finanziellen, spielerischen und örtlichen Verhältnisse nie in die dritte Bundesliga aufsteigen könne. Der »Spaßbremsen-Leserbrief« veranlasste mich zur folgenden Glosse. Wenige Tage später stellte sich heraus, dass der Verfasser einen falschen Namen angegeben hatte. Am Ende der Saison war der FVI Bayerischer Amateurmeister.

> »Gegen Dummheit kämpfen Götter selbst vergebens!« – So hat dr Friedrich Schiller scho vor guat zwoihondert Johr gschrieba, und ma könnt grad moina, er häb domols scho dean Leasrbriaf kennt, wo oinr schreibt, dass eisre Tissamer Kicker ja om Gotts Willa it aufschteiga sollat. Jetzt isch onser FVI doch glatt vom zwoita bis zom zehnta Schpieltag Tabellaführer en dr Regionalliga ond scho goht s'Lamentiera los. I mecht ja it wissa, was der gschrieba hätt, wenn se henda en dr Tabelle romkrebsla tätat, so wia d'Augschburger. Nau tät's wahrscheinlich hoißa, ma häb's ja scho allaweil gwisst – aber etz schiaßat dia oi Tor noch am andra, send fünf Punkte vor de Jonge von Bayern und vom Club ond wieder isch es it Recht.

Ja, sagat amol, soll vielleicht dr Trainer Bachthaler s'nägscht Mol, wenn se wieder a Tor schiaßat, zom andra Trainer nomm gau ond saga: »Mei, Herr Kollege, des isch mir aber peinlich; entschuldigat'S scho, dass mier schon wieder gwennat. Aber i werr natierlich dean Ma, der wo des Tor gschossa hat, glei auswegsla ond eahm aschtändig d'Moinong saga!« Mei, nau gäb's a Gaude. Do kämat mier en alle Zeitonga ond s'Fernseha tät zu jedam FVI-Schpiel komma.
Aber Gott sei Dank isch es no it so weit. I tät halt saga: Leit, gangat fleißig naus zom FVI ond freiat Eich übr jed's Tor, wo se schiaßat. Ond nägschts Johr sieht ma weiter. Bis do na ka ja dr Trainer Bachthaler seine Leit beim Training amol des Gedichtle vom Hyazinth Wäckerle vorleasa, des wo der schon vor hondertfuchzg Johr gschrieba hat – ma kennt moina, der häb domols scho dean Briaf gleasa:

»Es send so kurios dia Leit, so gschpässig send dia Zeita,
Es setzt sich mancher auf a Ross – sollt' auf am Esel reita.
Gar mancher kommt schier obanaus ond will sich wichtig macha –
Do leg i mi ens greane Gras ond heb da Bauch vor Lacha!«

Tissa vor – no a Tor!
Uier Wiesele

Dr Museums-Rasa

Während der ersten Regionalliga-Saison des FVI stellte sich heraus, dass der Rasen im Vöhlinstadion für den höherklassigen Spielbetrieb kaum brauchbar war. Nicht nur die Reservemannschaften der großen Bundesligavereine aus München, Nürnberg, Augsburg, Ingolstadt und Fürth, sondern auch die Amateurvereine beklagten sich darüber.

Im Stadtrat hatte allerdings die Förderung Illertissens als »Museumsstadt« und »Gartenstadt« Priorität, und außerdem war dort zu hören, dass sich ein neuer Rasen wohl kaum lohnen werde, da

Ecke des Spielfeldes im Vöhlinstadion, Frühjahr 2013

zum einen ohnehin nur von auswärtigen Vereinen eingekaufte Spieler hier aktiv seien und da der FVI wahrscheinlich auch bald wieder absteigen werde.

Daraufhin verfasste ich die nachstehende Glosse, die am 23.02.2013 in der IZ erschien. Der Rasen wurde übrigens in der folgenden Sommerpause erneuert.

> Scheint's hand se etz em Bauausschuss vom Tissamer Schtadtrat ebbes verwegslat, ond drom schreibe des do hana nomol auf: S'nuie Garta-Museum isch en dr Viehwoid doba, ond dr Fuaßballblatz isch en dr Diatahoimr Schtroß dussa. A baar Schtadträt hand aber gmoint, der vierzg Johr alte Rasa däb zom Museum gheara ond drom dürft ma dean au it nui herrichta.
> Ond nau häbat oine au no gsait, dass dia Kicker, wo für da FVI schpielat, ja gar koine Tissamer seiat ond drom briechtat dia au koin nuia Rasa, weil se ja sowieso bald meah anderschtwo kicka däbat.
> Do muaß i etz abr schon froga: Des ka ja sei, dass dr Hämmerle ond dr Kling ond no a paar andre koine oihoimische Tissamer send – aber was schtoht denn bittschea bei deane auf am Fuaßballerhemmad drauf: Soweit i gseah hau, hoißt's do »FV Illertissen« ond so hand se au onser Schtädtle em ganza Land bekannt gmacht. Übrall, wo da nakommsch – mier isch es erscht vor a paar Wocha ema Bundesliga-Schtadion so ganga – wersch drauf agschwätzt, was denn des für a tolla Mannschaft sei ond wo ond was denn dia Schtadt Illertissa sei.

Aber onsre Schtadträt – sogar dia, wo ma au scho manchmol auf dr Tribüne beim FVI gseah hat! – sagat: »Für was brauchat mier dean Rasa richta, dia schteigat ja doch bald meah ab!« Ond es geit no andre Schtadträt, dia hasch bisher no koi oizigs Mol em Schtadion gseah, dia wissat abr am Ratstisch en dr Schranna ganz genau, wia der Rasa aussieht.
Jetzt wird's halt nau bald aso gau: Dr Rasa em Vöhlinschtadion – des hoißt fei so, weil dr Rasa no aus Vöhlins Zeita schtammt ond seither nia gscheit grichtat worra isch – der kommt etz nau nomma bei de Schportsendonga em BR-Fernseha, sondern en so Sendonga wia »Unkraut« oder »Querbeet« (all Montagobad om 19 Uhr em Wechsel). Hauptsach, mir send Museumsschtadt ond d'Kicker, dia wo Tissa em ganza Land bekannt machat, kennat toa, was se wend.
Nau kickat bald koine »Eikaufte« odr »Zuagroiste« meah z'Tissa ond für d'Kreisliga tuat's der Museums-Rasa no lang. Do kenntesch an saubra Zoara kriaga, moint

Uier Wiesele

Fußballfans, wachet auf!

Schon in der ersten Regionalliga-Spielzeit des FVI wurde deutlich, was sich bis heute kaum geändert hat: Die Zuschauerzahlen bewegen sich in einem – um es vorsichtig auszudrücken – durchaus überschaubaren Bereich, und von »Fußballstimmung« auf den Rängen des Vöhlinstadions kann kaum die Rede sein. Gewiss: Die Tribüne ist relativ weit vom Spielfeld entfernt und das Stadion war ursprünglich in erster Linie für den Schulsport gebaut worden, aber die oft herrschende Ruhe auf der Tribüne veranlasste mich zu einer Glosse, die am 12.11.2012 in der IZ erschien.

> Em Auguscht Schuallehrer ond em Februar Maurer – des mecht mancher sei, wenn er nix schaffa will. Seit a paar Monat gibt's en Tissa no an andra Beruf, wo ma au zumindescht zeitaweis koi Arbat hat: Blatzordner beim FVI – »Sekjuritie« hoißt ma des heit – isch au so ebbes Netts. Do kasch em schwaza Häs neaber am Fuaßballblatz schtau ond hasch Dei Ruah. Verschtandat me recht: I fends ja au guat ond schea, dass beim FVI it randaliert ond gschlägrat wird ond dass ma do au mit kloine Kendr nagau ka, aber: Jetzt send onsre Kicker dahoim unbesiegt Herbschtmoischter en dr Regionalliga Bayern, aber ontram Schpiel könntesch auf dr Tribüne moina, du seiesch auf ra Beerdigong.
>
> Beim letschta Schpiel am Samstig warat a Handvoll Fäns aus Rain am Lech do, nette Kerle, dia hand meahner Schbeggtaggl gmacht als wia alle dreihondert Tissamer mitanand. Bei deane gohts nemlich noch deam alta

Schpruch: »Nix gschwätzt isch globat gnua!« Freile, wia willsch au Beifall klatscha, wenn da en dr oina Hand da Bierbecher ond en dr andra da Wuschtwegga hasch; es wär ja schad om de guat Wuscht. Aber wenigschtens ab ond zua wär a weng a Schtimmong halt scho nett.
Es muaß ja it zuagau wia z'Liverpool an dr Anfield Road, abr es dürft halt scho no a Ontrschied sei zwischa dr Diatahoimr Schtroß ond der Friedhofschtroß. I hätt do an Vorschlag: Etz kommt ja nau bald d'Adventszeit, ond vielleicht könntat onsre Schtadionschprecher beim nägschta Heimschpiel als »Torhymne« it wia sonscht da »Zillertaler Hochzeitsmarsch« schpiela lau, sondern dean scheana Choral »Wachet auf!"

Vielleicht tät's helfa, moint
Uier Wiesele

Wallfahrt ond Lechfeldschlacht

Der FV Illertissen gewann in der ersten Saison der Regionalliga Bayern die »Bayerische Amateurmeisterschaft« und damit die Teilnahmeberechtigung an der ersten DFB-Pokal-Hauptrunde. Das Los brachte als Gegner die SG Eintracht Frankfurt. Aus Sicherheits- und Platzgründen konnte das Spiel nicht im heimischen Vöhlinstadion stattfinden. Man versuchte zunächst, das Ulmer Donaustadion als Austragungsort zu bekommen, jedoch sah man dort keine Möglichkeit dafür. Deshalb fand das Spiel am 4. August 2013 im Augsburger Bundesligastadion statt. Dazu erschien am 27.06.2013 der nachstehende Kommentar in der IZ.

> »Reichen und Armen ein gemeiner Mann zu sein in allen gleichen, gemeinsamen und redlichen Dingen ohne allen Vorbehalt« – so hoißt's allaweil am Schwörmontag, wenn dr Ulmr Oberbürgrmoischtr sei Rede hält. Abr huier mießt er no ebbes drzuasaga, wennr ehrlich isch, nemlich: »Des gilt blos fier meine Ulmr, aber it fier Dissamr!« Em Donauschtädtle isch ma nemlich richtig äad, ja sogar dreckäad, weil onsre Dissamr Kicker em Boirischa schpielat ond etz nau sogar d'Eintracht aus Frankfurt kommt.
>
> Abr eis z'Dissa kennat dia Ulmr ja so richtig wurscht sei – ma kennts auf Schwäbisch au anderscht saga. Mier brauchat dia von dr Doana donda nemlich it, ond scho gar it, wenn se so äad send. Mier hand ja onsr Pataschtadt, ond des isch onsr schwäbisch-boirischa Hauptschtadt Augschburg! Dia wissat halt no, was se gheart, ond

se hand au an bsondra Grond drfier: Schließlich isch dr heilige Ulrich von Augschburg ja so ebbes wia Ehrabürgr von Dissa, weil er doch selbigsmol vor guat tausad Johr am Kaisr Otto ond seim Jonga z'Dissa beibrocht hat, wia ma friedlich mitanand auskommt ond drom isch nau em Johr drnoch bei dr Lechfeldschlacht ganz Augschburg mitsamt am Deitscha Reich grettat worra.
Ond etz kommts nau wiedr zura Lechfeldschlacht, abr natierlich ond hoffentlich a weng friedlicher: »FVI gega Eintracht« hoißts desmol. Des nuie Augschburger Schtadion, wo se wahrscheinlich schpiela miassat, weils halt z'Dissa beim beschta Willa it goht, des schtoht nemlich ausgrechnat grad do auf am Lechfeld, wo anno 955 d'Schwoba gwonna hand. Ond drom hand mier wiedr guate Aussichta: Dr heilige Ulrich isch ja dr Schutzpatron von Augschburg ond von Dissa.
Zom Adenka hat dr Augschburgr Oberbürgrmoischtr anno 1954 d'Bürgrmoischtr-Amtskette von Dissa gschtiftat. Des war halt no a Ehrama ond it so äad wia de oine z'Ulm. Ond no ebbes: Dr. Schpielführer vom FVI, dr Uli Klar, hat sein Vornama vom heiliga Ulrich, ond dr FVI-Ehravorschtand, onsr Zwoitr Bürgrmoischtr Sepp Kränzle, hat sogar vom Augschburgr Bischof d'Ulrichsmedaille vrlieha kriagt. Etz miassat nau blos no dr Kränzle Sepp ond dr Klar Uli am Namestag von heiliga Ulrich, also am vierta Juli, auf Augschburg zur Ulrichswoch wallfahra.
Dr Kränzle Sepp muass sei Ulrichsmedaille mitnemma, dr Klar Uli sei FVI-Trikot mit dr Kapitäns-Armbende aziah ond dr Vorschtand Endler Toni ond dr Trainer

Anzeigetafel kurz vor dem Anpfiff zum DFB-Pokalspiel FVI gegen Eintracht Frankfurt im Augsburger Stadion am 4. August 2013

Bachthaler Holger sottat au mit auf dia Wallfahrt gau. Ond wenn se alle mitanand beim Ulrichsliad fescht mitsengat, nau ka doch nix meah schiaf gau bei dera nuia Lechfeldschlacht am vierta Auguscht, moint

Uier Wiesele

Dissa ond Dschellsieh

In der Saison 2013/2014 wiederholte der FVI seinen Erfolg als Bayerischer Amateurmeister, und das Los bescherte den SV Werder Bremen als Gegner in der ersten DFB-Pokal-Hauptrunde. Das Spiel fand am 17. August 2014 im Ulmer Donaustadion statt. Für den 3. August lud Werder Bremen den FC Chelsea London zu einem Vorbereitungsspiel ein, was mich zum folgenden Kommentar veranlasste, der am 2. August 2014 in der IZ erschien.

> Do werrat oine sa: Etz ischr nommgschnappt, abr es isch fei gwieß wohr, was i Ui do vrzehl:
> Onsre Dissamr Kicker kommat doch em DFB-Pokal am 17. Auguscht gega Werder Bremen, was natierlich ganz prima isch. Dass mier huier en Ulm schpielat, ond dass do scheints neamad meah so äad isch wia vorigs Johr, do drzua sag i etz nix meah, des isch rom ond isch au bessr aso. Aber etz kommts: D'Breamer machat a Vorbereitongsschpiel vierzeah Däg bevor se gega Dissa kommat, dass se sich it glei meah so blamierat wia de letschte drei Johr, wo se jeds Mol en dr erschta Runde gega d'Amatör nausgfloga send.
> Ond was moinatr, gega wean des Schpiel isch? I hau's zeascht au it glaubt, abr es isch gwieß wohr: Am dritta Auguscht kommt ekschtra dr Eff-Zeh Dschellsieh London auf Bremen, bloß dass sich dia auf ihra Schpiel gega Dissa vorbereita kennat! Des hoißt doch nix anders als dass dia von dr Weser donda scheints scho fürchtig Schiss hand vor eisre Dissamer. Mei, gell,

so groaß isch dr Ontrschied au wiedr it, ob etz do dr Schürrle odr dr Hämmerle gega Bremen schpielt, sait scheints dr Bremer Drähner. Dschellsieh hat zwar an Marin, abr mier da Morina; dia hand da Petr Cech em Tor ond mier da Patrick Rösch, wo grad so viel hebt, ond ob etz bei deane oiner Azpilicueta hoißt odr bei de onsre oinr Zehiroglu, isch doch au vollz egal.
Abr was s'Netteschte isch: Dia von Dschellsieh schpielat em genau gleicha kenigsblaua Häs wia de onsre, ond se hand an Lewe drauf wia en onsram Schtadtwabba. Dr oizig Ontrschied isch, dass bei deane so a koreanischr Händi-Nama draufschtoht ond bei ons hoißts Kränzle. Deane ihra Vorschtand Abramowitsch keit mit am Geld omanand, abr des kennt onsr Endler Toni au, wennr mechta tät, weil er ja bei dr Schbarkass schaffat. Bloß isch dr Endler Toni a Schwob ond der basst aufs Geld auf ond schmeißts it naus.
Abr etz woiß i au, warom dia Londoner auf Bremen komma miassat: Dia Greane von dr Weser sollat sich glei drauf eischtella, dass se gega oine, wo en Kenigsblau schpielat ond an Lewe em Wabba hand, glei iebrhaupts koi Schahs hand. Etz mießt des blos au no wohr werra, nau gäbs am siebzehnta Auguscht z'Aubad auf am Altschtadtfescht ebbes zom Feira, moint

Uier Wiesele

Nomol: Dissa ond Dschellsieh

Im Pokalspiel gegen den FVI gewann der SV Werder Bremen mit 3:2 nach Verlängerung. Das Vorbereitungsspiel gegen den FC Chelsea London hatte Bremen mit 3:0 gewonnen. Das veranlasste mich zu einem Kommentar, der am 19. August 2014 in der IZ veröffentlicht wurde.

Was hau e vor guat vierzeah Däg gsait: Dia Kicker aus Bremen hand an Mords-Reschpekt vor de Dissamer ghett ond se send heilfroah, dass se grad no so aus am Ulmr Schtadion nauskomma send. Wahrscheinlich hand dia heit no da Kniaschnackler ond i moin allaweil, wenn de nägschte baar Johr ebber en Bremen au bloß »Illertissa« sait, nau grausat's deane fürchtig.
Dr Bescht war ja dr Bremer Drähner: Kommt der vorgescht noch am Schpiel en d'Pressekonferenz, schnaufat amol diaf durch, ond sait nau glatt: »Wir haben die Sensation geschafft und sind eine Runde weiter!« Ond s'Beschte isch: Der Ma hat nix als wia Recht ghett. Scho ontram Schpiel hatr ja doa wia a Hubschraubr vor seinr Ersatzbank ond i mecht liabr it wissa, was gwea wär, wenn …
Abr mit »wenn« ond »hätt« hat ma halt no nia gwonna, au wenns no so verdeanat gwea wär. Des hoißt also, des ganze Gschwätz, »wenn dr Schiri dean Elfer it pfiffa hätt«, oder »wenn dr Hämmerle en dr neizigschta Minut …«, ond so weitr, des hilft etz au nix meah. Jetzt kennat mier ons bloß no richtig freia, dass de onsre de

oine zoigat hand, dass mier Schwoba au koine Domme send.
Iberhaupts, Schwoba: Drei Breamer Reporter send en dr Halbzeitpause om me romgschtanda ond hand me gfrogat, was ond wo denn des Illertissa ibrhaupt sei. I hau na nau scho a weng ebbes vrzehlt, halt grad so s'Wichtigschte, ond zom Glick isch nau d'Pause bald rom gwea, sonscht hätt e deane fei scho no de ganz Gschicht vom Frieda von Tussa ond so weitr adreht, dass se wissat, dass mier au a Kultur ond a Geschichte hand ond it bloß sia en ihrer Hanseschtadt doba. Bloß hats des dann gar nomma braucht, weil na onsre Kicker nau scho zoigat hand, wo dr Bartl da Moscht hollat. Abr s'Allerbescht isch ja des: Vor vierzeah Däg hand d'Breamer gega Dschellsieh London gschpielt, dass se sich auf dean Kick gega Dissa eischtella kennat, ond do hand de Greane von dr Weser Drei-Null gwonna. So, ond wia hand se gega Dissa gschpielt? Drei-Zwoi isch ausganga. Wer isch etz besser, Dissa oder Dschellsieh?

Des frogat
Uier Wiesele

Pressekonferenz nach dem DFB-Pokalspiel FV Illertissen gegen Werder Bremen. Von links: FVI-Trainer Holger Bachthaler, FVI-Pressesprecher Hermann Schiller, Werder-Trainer Robin Dutt

Bildnachweis:

Soweit nicht anders angegeben, stammen alle Fotos vom Autor

Die Deutsche Bibliothek verzeichnet diese Publikation in der Deutschen Nationalbibliographie; detaillierte bibliographische Daten sind im Internet unter [http://dnb.d-nb.de] abrufbar.

Informationen über unser Verlagsprogramm: [**http://www.konrad-verlag.de**]

Lektorat, Layout und Bildbearbeitung: Christoph Konrad
Herstellung: Memminger MedienCentrum
Printed in Germany

ISBN 978-3-87437-591-7